JEUNESSE

LES VÉLOS
N'ONT PAS D'ÉTATS D'ÂME

Bonne lecture,
Nicolas !

Michèle U⸺

21 janvier 2008

De la même auteure

Jeunesse

Cassiopée - L'Été polonais, Montréal, Québec Amérique, 1988.
- PRIX DU GOUVERNEUR GÉNÉRAL
- TRADUIT EN SUÉDOIS, EN ESPAGNOL, EN CATALAN
  ET EN BASQUE

Cassiopée - L'Été des baleines, Montréal, Québec Amérique, 1989.

L'Homme du Cheshire, Montréal, Québec Amérique, 1990.

La Route de Chlifa, Montréal, Québec Amérique, 1992.
- PRIX DU GOUVERNEUR GÉNÉRAL, PRIX ALVINE-BÉLISLE,
  PRIX 12/17 BRIVE-MONTRÉAL
- TRADUIT EN ANGLAIS, EN DANOIS ET EN NÉERLANDAIS

Les vélos n'ont pas d'états d'âme, Montréal, Québec Amérique, 1998.
- MENTION SPÉCIALE DU JURY - PRIX ALVINE-BÉLISLE
- TRADUIT EN ANGLAIS

Rouge poison, Montréal, Québec Amérique, 2000.
- PRIX DU LIVRE M. CHRISTIE 2001

Marion et le Nouveau Monde, Saint-Lambert, Dominique et
compagnie, 2002.
- PRIX QUÉBEC/WALLONIE-BRUXELLES 2003

Cassiopée, QA Compact, Montréal, Québec Amérique, 2002.

Albums

Cendrillon, Montréal, Les 400 coups, 2000.

L'Affreux, Montréal, Les 400 coups, 2000.

LES VÉLOS
N'ONT PAS D'ÉTATS D'ÂME

MICHÈLE MARINEAU

QUÉBEC AMÉRIQUE jeunesse

Données de catalogage avant publication (Canada)

Marineau, Michèle
Les vélos n'ont pas d'états d'âme
Pour les jeunes.
ISBN 2-89037-835-7
I. Titre.
PS8576.A657V44 1998   jC843'.54   C98-941360-8
PS9576.A657V44 1998
PZ23.M37Ve 1998

L'auteure désire remercier le Conseil des Arts du Canada, dont l'aide
financière lui a permis de terminer enfin *Les vélos n'ont pas d'états d'âme*.

Nous reconnaissons l'aide financière du
gouvernement du Canada par l'entremise du
Programme d'aide au développement de l'industrie
de l'édition (PADIÉ) pour nos activités d'édition.

Gouvernement du Québec – Programme de crédit
d'impôt pour l'édition de livres – Gestion SODEC.

Les Éditions Québec Amérique bénéficient du
programme de subvention globale du Conseil des
Arts du Canada. Elles tiennent également à
remercier la SODEC pour son appui financier.

L'extrait de la page 184 provient de la page 89 de l'ouvrage suivant :
FABRE, Jean-Henri. *Promenades entomologiques*, coll. La Découverte,
Paris, François Maspero, 1980, 304 p.

Québec Amérique
329, rue de la Commune Ouest, 3ᵉ étage
Montréal (Québec) H2Y 2E1
Téléphone : (514) 499-3000, télécopieur : (514) 499-3010

Dépôt légal : 4ᵉ trimestre 1998
Bibliothèque nationale du Québec
Bibliothèque nationale du Canada

Révision linguistique : Jean-Pierre Leroux
Mise en pages : Andréa Joseph [PAGEXPRESS]
Réimpression : mars 2004

Mille excuses !

Avant de vous faire connaître Jérémie, Laure, Tanya et les autres, je tiens à présenter mes excuses à tous les vélos et à tous les propriétaires de vélos qui auraient pu se sentir blessés ou froissés par le titre – en particulier à MNA et à sa fidèle monture. Bonne lecture !

À mes parents

Chapitre 1

Il faisait un froid glacial, ce matin-là, et j'avais hâte d'arriver à l'école. En entrant, j'ai vu qu'il y avait un attroupement dans le coin des cases. En fait, plus j'avançais, plus j'avais l'impression que cet attroupement n'était pas seulement dans le coin des cases, mais dans le coin de *ma* case. J'ai pressé le pas, inquiet sans trop savoir pourquoi. Je me suis frayé un chemin entre les curieux, et je suis arrivé au premier rang au moment où le concierge faisait sauter mon cadenas.

En général, je suis un gars plutôt calme. Là, pourtant, je n'ai pas pu m'empêcher de crier :

« Hé ! qu'est-ce qui vous prend de scier les cadenas des gens sans permission ? »

M. Couture a à peine levé les yeux sur moi.

« C'est à toi, ce cadenas-là, le jeune ? Ça t'apprendra à mettre des cadenas sur des cases qui ne t'appartiennent pas. »

J'ai commencé à protester.

« Comment ça, des... »

Mais je me suis interrompu, la bouche grande ouverte. C'était vrai. Cette case-là ne m'appartenait pas. Je me l'étais appropriée quand le grand Desrosiers avait lâché l'école, un peu avant Noël.

J'ai tenté de me reprendre.

« Mais... »

Au même instant, une fille que je n'avais jamais vue m'a brandi un papier sous le nez.

« Case 2835, section bleue. À partir d'aujourd'hui, elle m'appartient. Est-ce que c'est clair ? »

C'était très clair. Comme il était clair que la fille en question était du genre pas commode.

« OK, OK, je te la laisse, ta case. »

Dès que la fille a touché la porte, un bruit de dégringolade s'est fait entendre à l'intérieur. La fille m'a regardé en haussant les sourcils d'un air interrogateur.

« Il va juste falloir que j'enlève quelques petites choses de là. Avec ta permission, bien sûr.

— Fais ça vite. »

Charmante.

J'ai entrepris de vider la case, sous l'œil curieux des trois quarts des élèves de la polyvalente, qui semblaient n'avoir rien d'autre à faire que de profiter du spectacle. Ils n'avaient pas de cours, eux, ce matin-là ?

Raquette de badminton déglinguée, pompe à vélo, tournevis, lacets, shorts de gymnastique, soulier droit de ma paire de chaussures de sport (c'était donc là qu'il était passé !), deuxième pompe à vélo, chambre à air de rechange, rustines, notes de cours de physique, t-shirt pas trop propre, pantalon de jogging, troisième pompe à vélo, clé à molette, pince-étau, clés à rayons, chiffons plus ou moins graisseux, câbles de freins, câbles de dérailleurs, paire de bas grisâtre, dérive-chaîne, rayons de différentes longueurs, paire de bas noirâtre, quatrième pompe à vélo...

« C'est quoi ? Des pièces de vélos volés ? Ça te sert à quoi, en plein hiver ? »

Que dit le proverbe, déjà ? Bien faire et laisser braire ? Je n'ai donc rien répondu. J'ai continué à vider et à laisser braire. Après tout, cette fille-là n'avait pas besoin de savoir que je suis un maniaque du vélo et de la mécanique de vélo, que, chaque printemps, j'organise des cliniques de mise au point à la poly et que, tout au long de l'année, je récupère et j'entrepose les pièces et les outils qui pourraient être utiles à ces cliniques...

Quand j'ai eu fini, la fille s'est mis le nez dans la case.

« Ouache ! Ça pue ! »

De plus en plus sympathique, cette fille.

« C'est mon parfum : *Sueur et vieux bas sales*. Viril et sportif, comme dit la publicité. »

La fille m'a regardé comme si j'étais le dernier des crétins.

Un peu plus loin, Tanya et Marco observaient la scène d'un air hilare. Et c'est ça qu'on appelle des amis...

Aussi incroyable que cela puisse paraître, j'ai réussi à coincer mon bric-à-brac dans ma case légitime, qui se trouvait juste à côté. Puis, avant de courir au local de français, je me suis tourné vers la fille :

« Tu devrais désinfecter la case avant de mettre quelque chose dedans. Si tu savais tout ce que je trimballe comme bibites et comme maladies... »

▲   ▲   ▲

Avant la fin de la journée, j'avais appris que la fille s'appelait Laure Lupien, qu'elle était en 4e secondaire (comme moi) et qu'avant d'aboutir chez nous elle fréquentait une école privée particulièrement huppée, à la campagne, avec cours de ski, d'escrime, de tennis, d'équitation et de tout ce qui est chic et qui coûte cher.

« Pourquoi est-ce qu'elle n'est pas restée dans son école pour millionnaires, au lieu de venir nous écœurer ici ? ai-je demandé à Tanya, qui venait de me fournir toutes ces informations.

— Son père a obtenu un poste en ville. Un poste très important... »

Marco, qui ne perdait pas un mot de l'échange, nous a fait part de ses réflexions.

« Moi, en tout cas, je ne suis pas fâché que son père ait changé d'emploi... Il me semble que le niveau de beauté des filles de l'école vient de grimper de plusieurs coches d'un seul coup. Bon, OK, j'admets qu'elle a été un peu baveuse avec toi, Zouc...

— Je t'ai déjà dit de ne pas m'appeler Zouc. Je n'ai plus quatre ans.

— Bon, Jérémie, d'abord. Elle a été baveuse, personne ne peut dire le contraire. Mais avoue qu'elle se laisse regarder... »

Marco a un faible pour les top models et les actrices de cinéma.

« Allez, avoue qu'elle est belle. »

J'ai pris un air blasé.

« Ouais, à condition d'aimer le style net, fret, sec. Et puis elle est trop maigre. »

J'ai eu droit à un sourire radieux de la part de Tanya, qui n'a rien de net, fret, sec, et qui, pour des motifs qui m'échappent, se trouve monstrueusement grosse.

▲   ▲   ▲

Je n'avais aucune raison de prêter attention à Laure Lupien. Elle faisait partie de cette race de filles toujours très élégantes, impeccablement vêtues, maquillées et coiffées, qui fréquentent des garçons tirés à quatre épingles, bourrés d'argent et très polis. Autrement dit, le genre de filles avec lesquelles mes rapports sont nuls : je ne les vois pas (ou si peu), elles ne me voient pas, nous évoluons dans des univers parallèles et distincts, et tout le monde s'en trouve très bien.

J'avoue cependant avoir accordé un peu plus d'attention à cette fille-là qu'aux autres. Discrètement, bien sûr.

D'abord, il faut dire que la proximité de nos cases nous mettait en contact de temps en temps, qu'on le veuille ou non. J'ai appris à reconnaître son manteau, ses bottes, son parfum. J'ai aussi appris à reconnaître les matins où elle n'était pas dans une forme extraordinaire. Il lui arrivait d'être pâle, d'avoir les traits tirés et les yeux cernés.

« Oh là là, j'ai l'impression que tu as fêté pas mal fort hier soir ! » me suis-je permis de lui lancer un de ces matins-là.

Elle est restée figée un instant avant de réagir.

« Quoi ? Oh... Est-ce que ça paraît tant que ça ? » Elle a porté la main à son visage. Elle a fait bouffer ses cheveux. Puis elle a arboré un grand sourire artificiel. « Oui, ç'a été délirant comme soirée. Délirant. » Et elle est partie vers le cours de maths.

Je l'ai suivie. Nous sommes dans la même classe en maths (où elle est particulièrement douée), en français (où elle semble dans la moyenne) et en morale (où elle n'ouvre jamais la bouche).

▲   ▲   ▲

Un après-midi, comme les centaines de gars et de filles agglutinés dans le coin des cases, nous étions tous les deux en train de nous préparer à partir. Soudain, la voix de Mathilde Vermette-Saint-Onge m'a pratiquement défoncé le tympan :

« Oh wow ! Il est fantastique ! Chanceuse ! »

J'ai tourné la tête. Mathilde était postée devant la case de Laure et regardait avec des yeux pâmés une photo collée sur la porte. J'ai examiné la photo à mon tour. Laure et un gars à l'air fendant se tenaient par la main et souriaient à belles dents à l'appareil. Derrière eux, un énorme cheval roux souriait lui aussi de toutes ses grandes dents jaunes.

« Il est fabuleux ! poursuivait Mathilde. Extraordinaire, merveilleux, époustouflant... »

Laure hochait la tête, apparemment ravie.

« Comment il s'appelle ? a demandé Mathilde.

— Caramel », a répondu Laure d'une voix onctueuse. Elle fondait littéralement de tendresse et de fierté.

Mathilde a failli s'étouffer.

« Cara... ? ! Mais... mais, Laure, je ne te parle pas du cheval, je te parle du gars ! »

La tendresse et la fierté ont disparu de la voix de Laure.

« Ah, lui. Il s'appelle Fabien.

— C'est ton chum ?

— ... Oui.

— Il n'aurait pas un frère jumeau, par hasard ?

— Pas à ma connaissance. »

Mathilde a continué à roucouler et à s'extasier sur le fameux Fabien fendant (FFF). Laure a continué à s'habiller.

Moi, j'étais prodigieusement intéressé. L'échange entre les deux filles m'avait beaucoup amusé (en fait, j'avais eu du mal à ne pas éclater de rire en voyant la tête de Mathilde quand Laure avait répondu «Caramel»), mais surtout, j'étais très intrigué par l'attitude de Laure. Pas besoin d'être docteur en psychologie pour deviner que son cœur penchait plus vers la bête que vers le gars. Et ça, j'avoue que ça me la rendait presque sympathique.

Tout à coup, Laure s'est tournée vers moi. Je devais avoir un sourire fendu jusqu'aux oreilles.

« Alors, tu t'intéresses à mon chum, toi aussi ? m'a-t-elle demandé d'une voix coupante.

— Pas à ton chum. À ton cheval.

— Tu t'intéresses aux chevaux, toi ? Première nouvelle. Je pensais que ta passion, c'était les vélos. »

Évidemment que ma passion c'est les vélos, tout le monde sait ça. En fait, j'ai une peur bleue des chevaux, ces bêtes gigantesques et vicieuses qui n'attendent que l'occasion propice pour vous ruer au visage ou vous jeter par terre avant de vous piétiner. Mais pas question que je révèle mes convictions intimes à cette amoureuse de la race chevaline. J'ai bredouillé la première chose qui m'est passée par l'esprit :

« Tu sais, un cheval, c'est un peu comme un vélo à pattes. »

Un instant, j'ai cru que Laure allait éclater de rire. Pas d'un petit rire affecté, pour faire changement, mais d'un vrai rire, franc et sonore. Mais elle s'est retenue. En partant, elle m'a lancé :

« Un vélo à pattes, dis-tu ? Moi, je crois que ce sont les vélos qui ne sont que de pâles et tristes imitations de chevaux. Des chevaux à roulettes. »

Chapitre 2

Comme tous les jours, Laure quitte la polyvalente en compagnie de Mathilde et d'Anne-Sophie Tousignant. D'un pas vif, à cause du froid, elles s'éloignent des rues ternes qui entourent l'école pour se diriger vers le quartier chic, au pied de la montagne.

« Tu devrais voir le chum de Laure ! raconte Mathilde à Anne-Sophie. Il s'appelle Fabien, et il est d..i..v..i..n.. !

— Ah oui ? » répond Anne-Sophie, qui veut en savoir plus.

Laure les écoute d'une oreille distraite. Elle se demande, une fois de plus, ce qu'elle fait avec ces filles.

Quand elle est arrivée à la polyvalente, deux semaines plus tôt, elle n'avait aucune intention de se lier avec qui que ce soit. Elle venait de déménager, et elle détestait tout de sa nouvelle vie. Sans compter qu'après tout ce qui s'était passé elle n'avait ni la tête ni le cœur à se faire de nouveaux amis. Elle ne demandait qu'une chose : qu'on lui fiche la paix.

Mais les choses ne se sont pas déroulées comme prévu. Sans le chercher, elle a attiré le genre de garçons et de filles qu'elle a fréquentés toute sa vie. Des gars et des filles dont les parents ont des sous, beaucoup de sous, et qui savent en profiter. Des gars et des filles qui se reconnaissent à mille petits détails : vêtements, coiffure, accent, assurance... Ils l'ont prise pour une des leurs, et elle n'a rien fait pour les détromper. Après tout, c'est un univers qu'elle connaît bien.

Elle s'est donc laissé approcher, ne manifestant de réticence que lorsque ses nouveaux amis se montrent vraiment trop indiscrets. Elle les côtoie en classe, elle accompagne Mathilde et Anne-Sophie sur le chemin du retour, elle parle mode, argent, vacances de ski et cours d'équitation. Elle refuse cependant toute invitation et toute sortie en dehors des heures de classe. «La fin de semaine, nous allons *toujours* à notre propriété de campagne», a-t-elle expliqué à Anne-Sophie qui l'invitait chez un de ses copains.

Elle commence pourtant à se lasser de ce jeu. Elle en a assez de se tenir constamment sur ses gardes, de mentir, d'afficher une gaieté et une insouciance qu'elle est loin de ressentir. Elle en a assez des conversations futiles et des potins qui circulent dans son nouveau cercle d'amis. Et elle se méfie de plus en plus d'un des garçons du groupe, un grand gars de 5e secondaire qui, quelques jours plus tôt, a glissé négligemment dans une conversation :

« C'était quoi, déjà, le nom de l'école où tu allais avant ? L'Académie des Grands-Pins ? Je connais une fille qui va là. Caroline Mornay, ça te dit quelque chose ? »

Laure a eu l'impression de manquer d'air, brusquement. Toute son énergie, toute sa volonté, elle les a employées à conserver son sang-froid, à continuer de sourire, à répondre le plus naturellement possible.

« Oui, bien sûr que ça me dit quelque chose. Elle est en 5e secondaire, non ? Je ne la connais pas vraiment, mais je sais qui c'est. »

À présent, elle est hantée par l'idée que ce gars-là – il s'appelle Christian – parle d'elle à Caroline et qu'il apprenne...

« Youhou ! lui hurle maintenant Mathilde à l'oreille. Sais-tu que quand tu décides de partir pour la lune, ce n'est pas facile de t'en faire revenir! Je te demandais si tu voulais venir magasiner avec moi, demain. Il y a une éternité que je n'ai pas passé un samedi à courir les magasins... Ça te tente?»

Laure secoue la tête.

«Non, désolée. Comme je te l'ai déjà dit, je vais à la campagne, la fin de semaine.

— Tu ne peux pas rester en ville, pour une fois? Tu pourrais dormir chez moi...»

Rien à faire, Laure ne se laisse pas convaincre.

«Tu ne sais pas ce que tu rates! lui lance Mathilde en s'engageant dans une rue bordée d'arbres. Ciao, les filles. À lundi.

— À lundi», répondent en chœur Laure et Anne-Sophie avant de se séparer à leur tour.

Anne-Sophie s'éloigne dans une rue en pente, tandis que Laure poursuit sa route un moment.

Un peu plus loin, Laure fait une pause et regarde les maisons qui l'entourent. Riches façades, terrains immenses, pelouses en terrasses, arbres majestueux. Comme tous les jours, elle éprouve un pincement au cœur en se disant qu'elle aussi, avant... Comme tous les jours, elle se secoue avant de tourner le dos à tout ce luxe et de revenir vers la polyvalente, en prenant soin de faire un grand détour.

▲ ▲ ▲

« Tu n'oublieras pas de récupérer ma jupe chez le nettoyeur, n'est-ce pas ? Et puis, pour le marché, vérifie les prix avant d'acheter. Ah oui, j'oubliais : Samuel est invité à un anniversaire, à une heure. Tu le conduiras là-bas et tu demanderas à quelle heure tu dois aller le chercher. L'adresse est sur le frigo. J'ai acheté un cadeau, attends, il devrait être par ici... Voilà, tu l'emballeras avant de partir. Bye, ma grande. Il faut que je me dépêche, si je ne veux pas être en retard. »

Avant de sortir, Marielle Lupien jette un dernier regard autour d'elle.

« Il va falloir qu'on trouve le moyen de décorer ce logement, murmure-t-elle comme pour elle-même. C'est déprimant, tout ce blanc sale et ces fissures mal camouflées. Bye, Samuel, ajoute-t-elle en direction du petit garçon posté devant la télévision. Sois sage, et amuse-toi bien à la fête. »

Laure, encore en robe de chambre, regarde partir sa mère. Un autre samedi long et pénible en perspective. Elle en vient presque à regretter les jours d'école.

Là, au moins, il n'y a pas de ménage ni de marché à faire... pas plus que de petit frère à garder.

« C'est chez qui, la fête ? » demande-t-elle pourtant.

Samuel tourne la tête vers elle, le visage radieux.

« Chez Cléa. »

Laure esquisse un sourire. Elle a bien hâte de la voir, cette fameuse Cléa, depuis le temps que Samuel leur vante sa nouvelle amie. Lui qui, à sept ans, n'avait jamais trouvé le moindre intérêt aux filles est tombé éperdument amoureux d'une petite fille de sa classe. Il a suffi qu'il pose les yeux sur elle, et, paf, ça y était. « Elle n'est pas comme les autres », a-t-il dit en guise d'explication. Quant à savoir si elle est brune ou blonde, grande ou petite, sérieuse ou fofolle, rien à faire. « Je l'aime », se contente de répéter Samuel, comme si cela seul importait.

▲   ▲   ▲

À une heure moins deux, Laure appuie sur le bouton de la sonnette d'une maison qui se trouve à deux rues de chez elle. La maison est franchement laide. Un cube de briques jaunes, sans originalité, percé d'une porte et de quatre fenêtres disposées sur deux étages de façon symétrique, une haute clôture métallique peinte en vert. Dans la courette délimitée par la clôture traînent trois pelles en plastique, deux luges, un bonhomme de neige décapité.

Un petit garçon d'environ cinq ans vient répondre.

« Qui tu es, toi ? demande l'enfant en pointant l'index vers Samuel.

— Samuel. »

Le garçonnet ne répond pas. Il se met gravement l'index dans la bouche et s'écarte pour laisser passer Samuel et sa sœur.

En entrant dans la maison, Laure est assaillie par le bruit. Une multitude d'enfants de tous les âges courent un peu partout en se bousculant et en hurlant. Dans le salon, quelqu'un massacre une sonate de Bach sur un piano désaccordé. Au loin, un vrombissement se fait entendre. Un batteur électrique, se dit Laure. Ou alors un marteau-piqueur au beau milieu de la cuisine. Quelque part, un chat pousse un miaulement désespéré. Laure se demande avec inquiétude s'il est bien prudent de laisser Samuel dans une maison pareille. Elle n'a encore vu aucun adulte.

Soudain, dans tout ce brouhaha, s'avance une petite créature qui semble tout droit sortie d'un rêve ou d'une image de livre ancien. Un visage fin, des yeux immenses, une masse de cheveux dorés, un corps d'elfe, une grâce qui n'appartient qu'aux anges, un sourire qui n'appartient qu'à elle.

« C'est Cléa », dit simplement Samuel.

Laure, la gorge nouée, a l'impression d'assister à un miracle.

Quand Samuel a fini d'enlever ses bottes et son manteau, Cléa lui prend la main et l'entraîne à sa suite. Figée au milieu du couloir, Laure se demande ce qu'elle doit faire. Elle se décide enfin à aller dans la direction du vrombissement. Avec un peu de chance, elle va trouver la mère de Cléa, dans la cuisine, en train de préparer le goûter.

Elle arrive dans la cuisine. Une silhouette lui tourne le dos, un batteur à la main. Laure se racle la gorge afin de manifester sa présence. La silhouette se tourne vers elle. Laure, estomaquée, reconnaît son voisin de casier, Jérémie Quelque chose.

Chapitre 3

Le premier moment de surprise passé, Laure et moi nous sommes exclamés en même temps :

« Mais... qu'est-ce que tu fais là ? »

Comme j'étais *chez moi*, dans *ma* cuisine et dans le tablier de *ma* mère, j'ai trouvé que Laure avait pas mal de culot de me demander ça. Pour une fois, je me sentais en meilleure position qu'elle, et ça me plaisait beaucoup.

« Comme tu le vois, je fais un glaçage à gâteau. Du moins je l'espère. »

Laure m'a lancé un regard exaspéré.

« C'est chez toi, ici ? »

J'ai fait un grand, un immense sourire.

« Oui.

— Et Cléa, c'est ta sœur. »

Ça sonnait plus comme une affirmation que comme une question. J'ai pourtant fait semblant de réfléchir.

« Cléa ? Attends, oui, peut-être... Il me semble que ça me dit quelque chose. » J'ai sorti un papier de ma poche et j'ai fait mine de le consulter. En fait, c'était la recette de glaçage. (Avais-je mis trois quarts de tasse de sucre ou trois, quatre tasses ? Et le bicarbonate de soude ? Était-ce normal de mettre du bicarbonate de soude dans un glaçage ?) « Cléa, Cléa... Oui, voici. C'est effectivement ma troisième sœur par alliance du côté gauche de mon quatrième père. »

Pour la première fois depuis que je la connais, Laure a semblé perdre pied. Elle ne savait pas si elle devait me croire ou non. Après tout, ça existe, des familles multireconstituées.

« C'est... c'est une blague ? »

Elle m'a fait presque pitié, tout à coup.

« Mais oui, c'est une blague. Je n'ai que huit frères et sœurs, tous du même père et de la même mère... et je connais leurs noms par cœur. Pas leurs dates de naissance, quand même, il ne faut pas trop m'en demander, mais les noms et les visages, ça va. »

L'effet de surprise (ou de découragement) a dû être considérable, car Laure s'est laissée choir sur une chaise au bout de la table.

«Si je comprends bien, avec toi, ça fait neuf enfants ?

— Je savais que tu étais géniale en mathématiques.

— Et tu te situes où, dans tout ça ? »

J'ai fait une espèce de grand salut avec une cuiller de bois.

« Moi, madame, je suis l'aîné. Tu sais, le grand frère sérieux, responsable, celui sur qui se reposent les parents exténués. Celui qui fait le glaçage à gâteau... qu'il ne faudrait d'ailleurs pas que j'oublie, dans le feu de la conversation.

— Mais tes parents, aujourd'hui, ils sont où ?

— Mon père, je ne sais pas trop, quelque part dans la maison en train de s'assurer que la horde de petits sauvages ne s'entretuent pas. Ma mère est partie pour l'urgence avec Colin, qui s'est presque sectionné un doigt en voulant couper des céleris.

— Colin, c'est un de tes frères ?

— Oui, il a quatre ans. »

Après cet échange des plus instructifs, Laure est restée silencieuse. Je crois qu'elle avait besoin de temps pour digérer tout ça.

« C'est à cause de tous tes frères et sœurs que la maison ressemble à une garderie ? » a-t-elle fini par demander.

J'ai ajouté le colorant au glaçage, brassé un peu le tout et me suis gratté l'oreille gauche avant de répondre.

«Oui... et non. Parce que, tu vois, la maison est *aussi* une garderie. Il y a un nom pour ça : la garde en milieu familial. Ça, pour offrir un milieu familial, on offre un milieu familial! Donc, tu vois, le métier de ma mère, c'est de garder des enfants.

—Et ton père, il fait quoi?

—Mécanicien.» Je la trouvais bien curieuse, pour quelqu'un qui ne disait jamais rien sur elle. «Et toi, tes parents, ils font quoi?»

Elle n'a pas répondu. Au bout d'un moment, elle a demandé :

«Est-ce que c'est payant, garder des enfants?»

J'ai éclaté de rire.

«Ça dépend.

—De quoi?

—De ce qu'on est prêt à accepter comme paiement.

—Je ne comprends pas.

—C'est pourtant simple. Ma mère est géniale côté cœur, mais absolument nulle côté sens pratique. Alors, quand les parents ne peuvent pas la payer, elle accepte de se faire payer en nature.

—Un genre de troc?

— Si on veut. Par exemple, on a déjà eu droit à douze douzaines de tomates et à huit kilos de betteraves, à des séances de massage gratuites, à des toiles prétendument artistiques, à un cours de dressage de chien, même si on n'a pas de chien... Sans compter qu'on jouit d'un crédit illimité chez l'esthéticienne du coin et chez la coiffeuse du centre commercial. Tu devrais voir la file, quand ma mère décide d'y emmener toute la famille...

— Tu y vas, toi aussi ?» a demandé Laure en lorgnant ma tignasse d'un air dubitatif. J'ai des cheveux, pas de doute là-dessus. Beaucoup de cheveux. Mais il n'est pas du tout évident que j'aie une « coupe de cheveux ». Ça pousse dans tous les sens, et je me contente de ramasser tout ça dans une queue de cheval. Ou de laisser retomber le tout dans mon cou, dans mes yeux ou dans ma soupe.

J'ai soulevé la cuiller qui trempait dans le glaçage.

« Ça me semble prêt. Qu'est-ce que tu en dis ?»

Laure s'est approchée et a regardé la mixture rose avec un air perplexe.

« Moi, tu sais, la cuisine... »

Je n'ai pas insisté. J'ai commencé à étendre la mixture en question sur les nombreux gâteaux en forme de cœurs, d'étoiles, d'objets identifiés et non identifiés.

« C'est quoi ? » a demandé Laure en désignant une forme vaguement animale.

J'ai haussé les épaules.

« Aucune idée. C'est une œuvre de Jacinthe.

—Une autre de tes innombrables sœurs ?

—Oui. La jumelle de Nicolas. Ils ont onze ans. Mais Jacinthe n'est pas très douée pour les arts. »

Un autre silence. Laure semblait *vraiment* avoir du mal à digérer l'étendue de ma famille.

« Au fait, tu ne m'as toujours pas dit ce que tu faisais ici. Tu t'es rendu compte que tu étais follement amoureuse de moi et que tu ne pouvais plus te passer de ma présence ? »

Laure a levé les yeux au plafond.

« Je suis tout simplement venue conduire mon petit frère à la fête de ta petite sœur. Ta sœur Cléa », a-t-elle précisé, un peu inutilement, je dois dire. J'ai beau avoir cinq sœurs, il n'y en a qu'une qui soit née le 15 février. « Je dois d'ailleurs partir tout de suite, mais j'aimerais savoir à quelle heure je dois passer reprendre mon frère.

—Vers cinq, six heures, je suppose. Quand tu pourras. De toute façon, on ne le mettra pas à la porte, ton petit frère. Comment il s'appelle, au fait?

—Samuel. »

Elle ne l'a sans doute pas fait exprès. Mais, cette fois, c'est moi qui suis resté sidéré.

« Samuel? Le fiancé de Cléa? Mais alors... mais alors, nous sommes pratiquement parents! Bienvenue, belle-sœur! Notre famille n'est sûrement pas aussi huppée que la vôtre, mais qu'importent les richesses, c'est le cœur qui compte, n'est-ce pas? »

Je disais vraiment n'importe quoi.

Laure, je ne sais trop pourquoi, est redevenue soudain froide, sèche et lointaine.

« Je repasserai vers cinq heures. Bon après-midi. »

Elle a quitté la cuisine en levant le nez.

Et moi, bêtement, je me suis senti abandonné, avec mon grand tablier, ma grande cuiller et cette mixture rose qui avait décidément un drôle d'air (et un drôle de goût, ai-je dû admettre après y avoir goûté).

Chapitre 4

Laure sort de chez Jérémie la tête en pleine tempête.

« Famille huppée », a-t-il dit. « Qu'importent les richesses... »

S'il savait ! Si seulement il savait !

Laure se secoue. Il ne saura pas. Il ne faut pas qu'il sache. Personne ne doit savoir. Mais c'est tellement difficile de mentir, jour après jour, semaine après semaine. Tellement difficile de se rappeler tout ce qu'on a dit, tout ce qu'on a laissé entendre sans le dire vraiment, tout ce qu'on a farouchement caché. Laure vit dans la crainte continuelle de se trahir. Alors, elle en dit le moins possible. Elle joue le rôle de la jolie-jeune-fille-riche-un-peu-gâtée-qui-ne-se-préoccupe-que-de-ses-toilettes-de-ses-plaisirs-de-son-chum-et-de-son-cheval. Au moins, c'est un rôle qu'elle connaît bien. Elle l'a joué si longtemps, du temps de l'Académie des Grands-Pins, de Fabien, de Caroline et des autres. Du temps de Caramel.

Caramel. Laure gémit presque tout haut en pensant à son grand cheval roux. La perte de son cheval lui fait aussi mal qu'au premier jour. Avec le temps, elle a fini par admettre la perte de Fabien et des autres. Elle pense encore à eux, bien sûr, et, certaines nuits, elle enfouit la tête au creux de son oreiller pour ne pas hurler de solitude et de frustration. Dans ces moments-là, elle donnerait n'importe quoi pour que les bras de Fabien se referment sur elle, une fois encore. Elle se sent faible, et prête à toutes les lâchetés pour retrouver cette proximité. Elle n'ose pas dire « cet amour ». Car était-ce de l'amour, ce qu'elle éprouvait pour Fabien ? Et ce que lui éprouvait pour elle ? Elle revoit Fabien dans sa tête. Ce qui lui revient, bien avant les traits de son visage, son sourire ou ses mots, ce sont ses vêtements, sa coupe de cheveux, son style « chic décontracté ». Elle était fière de paraître à ses côtés, fière d'avoir été choisie par lui, fière de damer le pion à Caroline et à toutes les autres. Elle savait qu'ils formaient un beau couple, comme on dit, et cela seul semblait avoir de l'importance. Mais jamais ils ne s'étaient parlé d'autre chose que des cours, des chevaux, des partys à venir ou des petits drames qui surgissaient parfois au sein de leur groupe d'amis. Et le jour où Laure avait eu besoin de lui, vraiment besoin de lui, le jour où son univers s'était écroulé, où elle s'était sentie étouffer sous le poids de la honte, de la douleur et de la peur, ce jour-là Fabien s'était montré froid, distant, mal à l'aise. Et quand, par la suite, les choses avaient été encore plus mal, il s'était carrément défilé.

« Écoute, avait-il dit, tu comprends, je ne peux pas continuer... De toute façon, ce n'était pas sérieux entre nous. Je veux dire, nous sommes trop jeunes, n'est-ce pas... Je suis désolé de ce qui t'arrive, je sais bien que ce n'est pas de ta faute, mais, bon... Il vaut mieux pour tout le monde qu'on arrête de se voir. De toute façon, tu quittes l'Académie, tu déménages à Montréal, alors... »

« Pour tout le monde », avait-il dit sans rougir. C'est mieux pour tout le monde. Et Laure avait eu l'impression de recevoir un coup de poing en plein ventre. Pas pour moi ! aurait-elle voulu hurler. Pas pour moi. Dis que c'est mieux pour toi, pour toi et ta famille et ta tranquillité. Mais ne viens pas me dire que c'est mieux pour moi. Ne viens jamais me dire que c'est mieux pour moi.

Rapidement, elle s'était rendu compte que tous les gens qu'elle connaissait s'éloignaient d'elle comme d'une pestiférée. Oh, ils restaient tous bien polis en surface. Ils répétaient (un peu trop souvent et un peu trop fort) qu'ils étaient désolés, vraiment, mais que... Tous, ils avaient réagi de cette façon : ses amis, ses professeurs, la directrice de l'Académie, les amis de ses parents, les collègues de son père... Seul Caramel l'avait accueillie comme d'habitude, et elle avait passé des heures et des heures près de lui, ses bras autour du cou puissant. Elle sentait sa chaleur, son odeur forte, elle sentait ses muscles bouger sous sa robe soyeuse. Elle avait pleuré et hurlé sur son flanc, avoué sa honte et son désespoir au creux de son oreille, agrippé sa crinière à pleines mains comme si sa vie en dépendait. Et elle avait galopé des heures durant, à s'en étourdir, à en oublier tout le reste. Elle aurait voulu s'élancer en pleine campagne, franchir des plaines, des montagnes, des fleuves, et disparaître à jamais. Atteindre un pays où personne ne la connaîtrait, où personne ne saurait, où elle pourrait recommencer sa vie à neuf. Mais on ne disparaît pas aussi facilement, et Laure finissait toujours par rentrer à l'écurie, où elle retrouvait sa vie et toutes ses peines.

Puis il avait fallu vendre Caramel. Laure, qui, jusque-là, avait réussi à ne pas pleurer en public, avait senti quelque chose craquer en elle. Elle avait éclaté en sanglots et pleuré, pleuré, au point de se demander si elle n'allait pas se liquéfier, se dissoudre dans ses larmes, s'évanouir en imprégnant doucement le sol.

Elle ne s'était pas liquéfiée, bien sûr, et il lui avait fallu survivre à tout le reste : les questions, les commentaires, l'enterrement, la vente de la maison, des meubles et des bijoux, le déménagement à Montréal.

Montréal. Elle avait cru trouver là une forme de pays lointain. Elle s'était dit qu'elle pourrait repartir à zéro. Mais voilà qu'elle s'apercevait que ce n'était pas possible. Que le passé ne s'efface pas comme par enchantement. Que la douleur prend des détours inattendus. Que les refus ne peuvent pas durer éternellement. Que tout finit par se savoir.

▲　▲　▲

Laure range les boîtes de soupe et de pâtes alimentaires, les pots de confitures et de beurre d'arachide, le sac de biscuits aux brisures de chocolat.

Elle songe aux gâteaux de Jérémie, à son affreux glaçage rose bonbon, et un petit rire lui échappe. Pauvre Jérémie, il ne semblait vraiment pas à sa place dans une cuisine, en train de brasser cette mixture infecte! Mais, en même temps, il n'avait rien de ridicule. Peut-être parce qu'il ne se sentait pas ridicule, parce que l'idée qu'il puisse être ridicule ne l'effleurait même pas.

Laure est déroutée par ce garçon qui ne ressemble pas à ceux qu'elle a l'habitude de fréquenter et qui ne paraît se préoccuper ni de son apparence ni de ce que les autres peuvent penser de lui. Quant à sa famille... Neuf enfants! Et Laure qui croyait l'époque des grosses familles révolue! Elle vient d'apprendre qu'il y a des exceptions. Elle ose à peine imaginer à combien s'élève la facture d'épicerie pour onze personnes. Et les coûts des fournitures scolaires, en début d'année. Les vêtements. Les cadeaux de Noël. Les cours de flûte, de soccer ou de gymnastique...

Et ce n'est pas seulement une question d'argent. Que se passe-t-il, le matin, quand tout le monde a besoin de la salle de bain en même temps? Ou le soir, à l'heure du bain? Qui aide les plus petits à s'habiller? Qui fait réciter les leçons? Qui s'occupe de la préparation des repas? de la vaisselle? du ménage?

Rendue à ce point de ses réflexions, Laure sursaute. Le ménage ! Elle allait l'oublier. Elle déteste faire le ménage, mais elle déteste encore plus la saleté et le désordre. Leur logement est triste et laid, mais il est propre. Et petit, se dit-elle en guise de consolation. Elle n'a pas à faire le ménage pour onze personnes, c'est toujours ça de pris.

▲ ▲ ▲

En ouvrant la porte de la salle de bain, Laure capte un mouvement infime du coin de l'œil. Le temps de déplacer son regard et de fixer le bout de plancher où elle a cru voir quelque chose bouger, il n'y a plus rien que les tuiles blanches et abîmées, usées par le temps, les lavages, les dégâts de toute sorte.

Elle sait qu'elle n'a pas imaginé ce mouvement. Elle sait même par quoi il a été causé. Ce n'est pas la première fois qu'elle aperçoit un de ces... quoi ? insectes ? Elle suppose qu'il doit s'agir d'un insecte, bien qu'elle n'en connaisse pas le nom. Une bibite, quoi. Et Laure a horreur des bibites. Ces trucs gluants ou velus, qui rampent, sautent ou volent, qui sucent, piquent ou... – ou n'importe quoi ! – la rendent folle. Ceux qu'elle a vus dans la salle de bain une demi-douzaine de fois ne font pas exception. Petits et argentés, ils glissent sur le sol en se tortillant. Dès qu'elle ouvre la porte ou la lumière, ils se précipitent vers la première fissure venue et disparaissent. Maintenant, Laure se sent mal chaque fois qu'elle doit aller à la salle de bain. Aussitôt entrée, elle jette un regard rapide sur le sol, à l'affût du moindre mouvement, du moindre petit bout de bibite. Elle n'en voit pas toujours. Mais son malaise persiste. Aujourd'hui, elle se dit que ça ne peut plus durer, qu'elle va finir par piquer une crise ou par virer folle. Elle a vu un film, une fois, dans lequel une jeune fille devenait folle. Un des symptômes, c'était qu'elle voyait des insectes ramper sur les murs de son appartement. Laure se demande ce qui vient en premier, les insectes ou la folie. Une variante de l'œuf et la poule...

Ce soir, c'est sûr, elle va parler des bibites à sa mère.

▲ ▲ ▲

Elle n'en parle pas, finalement.

En rentrant à la maison, après avoir été chercher Samuel chez Cléa (et Jérémie, et Jacinthe, et Nicolas, et Colin, et tous les autres), elle note que le voyant du répondeur clignote. Les appels et les messages sont rares, depuis qu'ils sont à Montréal. Les quelques fois où ça s'est produit, Laure a senti l'espoir lui gonfler le cœur. Et si c'était Fabien ?

Elle a beau se dire qu'elle ne l'aime pas, qu'elle ne l'a jamais vraiment aimé, cela ne l'empêche pas de rêver. Fabien qui lui dirait qu'il a enfin compris, qu'il a réfléchi, qu'il regrette...

Cette fois encore, Laure a le cœur qui bat vite lorsqu'elle appuie sur le bouton qui lui permettra d'écouter le message.

Une voix de garçon, qu'elle n'identifie pas tout de suite. Une chose est sûre, ce n'est pas Fabien. Déception, curiosité. Puis, soudain, une peur panique. Une sensation d'angoisse qui l'envahit tout entière et lui donne la chair de poule. Comme si des milliers d'insectes rampaient sur son corps.

« Je suis allé dans un party hier soir. C'est fou ce que ça peut être instructif, les partys. On y apprend des choses... qu'on n'aurait jamais soupçonnées. Un indice : Caroline était là, tu sais, Caroline Mornay, celle que tu ne "connais pas vraiment". Elle, elle te connaît, pourtant. Très bien, même, à ce que j'ai cru comprendre. Je suis sûr que tu vas être ravie d'avoir de ses nouvelles. Rendez-vous lundi, midi et demi, à la salle d'ordinateurs. »

Le message est fini depuis longtemps, mais Laure est toujours plantée devant l'appareil, la tête vide, le cœur qui bat la chamade.

« Qu'est-ce qu'on mange ? » répète Samuel pour la troisième fois.

Laure tressaille.

« Quoi ? Oh... Tu as encore faim, après tous ces gâteaux d'anniversaire ? »

Samuel fait une drôle de grimace.

« Ils étaient pas mangeables, les gâteaux. Le frère de Cléa s'est trompé dans la recette. Il est gentil, mais il est absolument pourri comme cuisinier. C'est Cléa qui l'a dit.

— Si Cléa l'a dit... »

▲ ▲ ▲

Je n'irai pas, je n'irai pas, je n'irai pas.

Toute la journée du dimanche, puis toute la soirée, en marchant, en mangeant, en lavant la vaisselle, en tentant de réviser sa leçon d'histoire, en se brossant les dents, Laure se répète ces trois mots. Je n'irai pas.

Une fois couchée, elle continue à se les répéter, comme une prière ou comme une formule magique.

Mais sa prière ne touche personne. Sa formule magique n'a aucun pouvoir. Au fond d'elle-même, elle sait très bien qu'elle ira au rendez-vous. Elle ne peut pas se permettre de ne pas y aller.

Chapitre 5

Finalement, mon glaçage a été un échec total. Un flop. Une horreur. Un truc immangeable.

Comme je ne voulais empoisonner personne – je suis un bon garçon, dans le fond –, j'ai décidé de transformer les gâteaux en objets d'art. Rien de moins ! Après avoir fourni aux enfants de la crème fouettée, de la noix de coco, des vieux boutons, des paillettes, des cure-pipes, des perles de verre et du papier aluminium, je les ai laissés décorer les ex-gâteaux à leur guise.

Les enfants se sont amusés comme des fous, moi aussi, les parents beaucoup moins quand ils sont venus récupérer leurs rejetons barbouillés de ce fichu glaçage rose. Une des mères m'a demandé si c'était lavable. Je l'ai assurée que oui. J'espère que c'est vrai.

Laure, ponctuelle, est venue chercher son frère à cinq heures. Je l'ai à peine entrevue, cette fois, mais j'ai quand même réussi à trouver la réponse à une question qui me chicotait depuis notre conversation dans la cuisine, au début de l'après-midi.

Tout au long de cette conversation, j'avais l'impression que Laure avait quelque chose de changé, mais je n'arrivais pas à trouver ce que c'était. Elle était plus parlable que d'habitude, bien sûr, mais ce n'était pas cela. La différence était physique : elle n'était ni maquillée, ni habillée de vêtements hors de prix, ni coiffée comme si elle avait été choisie pour annoncer un nouveau shampoing. Elle était simplement vêtue d'un jean et d'un chandail marine, les cheveux retenus par un élastique, le visage nu. Ça lui donnait l'air plus jeune. Plus fragile, aussi. Marco n'aurait sans doute pas été aussi pâmé que d'habitude s'il l'avait vue comme ça – il ne l'aurait même pas remarquée –, mais moi je la trouvais pas mal plus attirante. Très attirante, même. Et ça, je ne suis pas sûr que ce soit une bonne chose.

▲   ▲   ▲

Le lundi, en arrivant à l'école, j'ai traîné un peu plus longtemps que d'habitude dans le coin des cases, avec l'espoir de voir Laure.

Je l'ai vue. Eh bien, j'aurais mieux fait d'être malade, ce matin-là, ou de me précipiter dans le local de français sans avoir croisé personne.

Pour commencer, j'ai été un peu déçu en l'apercevant. Elle avait repris son déguisement d'école. Son air chic, snob et sophistiqué. Mais elle m'a paru bien pâle, malgré son maquillage.

« Salut. »

Elle m'a regardé d'un air distrait.

« Ah. C'est toi. Salut. »

Face à un accueil aussi enthousiaste, n'importe qui aurait compris qu'il avait intérêt à se faire oublier. N'importe qui sauf moi, bien sûr.

« Écoute, je pensais à ça... En fait, je voulais te dire... Je t'aime mieux quand tu es ordinaire. »

Le compliment que toute fille rêve d'entendre, j'en suis sûr. Ça lui a au moins fait perdre son air distrait. Elle m'a regardé bien en face en répétant :

« Ordinaire ?

— Je veux dire, pas maquillée, pas habillée chic, pas toute pomponnée. Comme tu étais samedi. Ça te va bien. »

J'avais à peine fini de parler que j'ai compris que je venais de faire une gaffe.

Mathilde était à quelques pas de nous. Elle a fondu sur Laure comme un vautour sur sa proie.

« Comment ça, samedi ? Vous vous êtes vus samedi ? Tu n'étais pas à la campagne, samedi ? Vous vous rencontrez en cachette, ou quoi ? »

Je ne sais pas si j'ai déjà eu une chance raisonnable d'intéresser un tant soit peu mademoiselle Laure Lupien. Ce que je sais, par contre, c'est que cette chance hypothétique s'est volatilisée lundi matin à 8 heures 18. Laure m'a lancé un regard assassin tout en répondant d'une voix affectée à Mathilde :

« Finalement, mon père a été retenu par une réunion super importante. Avec le sous-ministre. On n'est pas allés à la campagne. J'en ai profité pour faire un tour à la bibliothèque, et c'est là que Jérémie et moi nous sommes croisés. N'est-ce pas, Jérémie ? »

Je suis peut-être idiot, mais pas au point de ne pas comprendre qu'il valait mieux que je dise comme elle.

« Exactement, ai-je répondu avec un sourire niais. Devant la section des livres et revues pornographiques.

— Il y a une section porno à la bibliothèque ? s'est étonnée Mathilde. Je ne
savais pas ça.

— C'est une blague, a précisé Laure.
Une blague de très mauvais goût », a-
t-elle ajouté dans ma direction.

La journée aussi a eu très mauvais
goût.

▲   ▲   ▲

C'est ce jour-là que je me suis dit qu'il
y avait quelque chose de bizarre chez
Laure. Des détails auxquels je n'avais pas
tellement prêté attention me revenaient
à l'esprit.

Sa distraction, certains jours. Sa fa-
tigue, certains matins. Le contraste entre
son apparence au naturel et son apparence
à l'école. Ses mensonges. (Pourquoi
n'avait-elle pas simplement dit à Mathilde
qu'elle avait accompagné son petit frère
chez moi pour un anniversaire ? Ça n'avait
rien de compromettant, il me semble.) Sa
réticence à répondre à certaines questions.
(Elle n'avait pas répondu quand je lui
avais demandé ce que faisaient ses parents.) Ses rapports avec FFF, le fameux
Fabien fendant de la photo...

Plus je songeais à ce que Laure avait
de bizarre, plus j'étais intrigué. Et si

j'essayais de découvrir ce qui se cachait derrière tout ça ?

▲ ▲ ▲

Le soir même, j'ai entrepris d'interroger ma petite sœur Cléa. Après tout, son « fiancé » était peut-être plus loquace que ma voisine de casier.

« Dis-moi, Cléa, comment ça se fait que Samuel va à la même école que toi ? Il me semble qu'elle est loin de chez lui... »

Je n'avais pas la moindre idée de l'endroit où habitait Laure, mais, comme elle quittait toujours la poly en compagnie de Mathilde et d'Anne-Sophie, j'en avais conclu qu'elle habitait elle aussi le quartier riche, au flanc de la montagne.

Mais Cléa a secoué la tête.

« Non, c'est pas loin de chez lui. Il m'a montré sa maison, la fois où on est allés voir la pièce de théâtre à la maison de la culture. C'est presque à côté de chez nous, par là. »

Elle pointait l'index dans la direction de la voie ferrée, loin, bien loin du quartier riche.

« Et ses parents, à Samuel, sais-tu ce qu'ils font dans la vie ? »

Cléa a posé un regard méfiant sur moi.

« Alors, tu le sais, oui ou non, ce que font les parents de Samuel ? ai-je insisté.

— Pourquoi tu veux savoir ça ?

— Mais pour rien. Pour... pour mieux connaître ton fiancé. »

Je me sentais un peu coupable de mentir à Cléa, mais je ne pouvais quand même pas lui avouer que je menais une enquête sur Laure.

« Il m'a dit de pas le dire. Que c'était un secret et que sa sœur serait fâchée si elle savait qu'il m'en a parlé. »

Sa réponse confirmait mes soupçons. Laure cachait des choses. Mais quoi ? J'ai continué à interroger Cléa.

« Pourquoi sa sœur se fâcherait-elle ?

— Je sais pas. Je sais seulement qu'elle serait fâchée.

— Est-ce que c'est si terrible que ça ce qu'ils font, leurs parents ? »

Cléa n'a pas répondu tout de suite, mais je voyais bien qu'elle mourait d'envie de me dire quelque chose.

« Tu sais, ai-je fini par dire, il y a des bons et des mauvais secrets... »

Elle m'a interrompu.

« Oui, on a appris ça à l'école. Bon, pour Samuel, son père est mort et sa mère vend des vêtements dans une boutique. Avant, elle ne travaillait pas du tout. »

Et, après ces révélations, elle s'est sauvée dans sa chambre.

Moi, je me suis réfugié dans le garage, où j'ai installé mon atelier de mécanique. Une chaîne à nettoyer, un dérailleur à ajuster, quelques câbles à resserrer... Je réfléchis mieux quand je bricole sur un vélo.

▲　▲　▲

Le lendemain, à la fin des cours, j'ai dit à Marco et à Tanya de ne pas m'attendre.

« Pourquoi ? » a voulu savoir Tanya.

J'aurais pu lui parler de Laure, évidemment, et lui dire que cette fille m'intriguait. Mais je n'en avais pas vraiment envie.

« Un rendez-vous chez le dentiste », me suis-je contenté de dire.

Tanya m'a regardé d'un drôle d'air.

« Tu n'y es pas allé le mois dernier, chez le dentiste ? »

Cette fille connaît ma vie mieux que moi-même !

« Justement. Il s'est rendu compte que j'avais besoin d'un plombage. »

J'espérais juste ne pas m'être vanté de mes dents parfaites devant elle (il n'y a pas grand-chose de parfait dans ma vie, mais mes dents, elles, sont fabuleuses...).

Heureusement, Tanya n'a pas insisté. Je l'ai regardée s'éloigner en compagnie de Marco, puis je me suis précipité dehors, dans la direction que prennent toujours Laure, Mathilde et Anne-Sophie.

Une neige drue tombait en rafales depuis le matin, et il m'a fallu un petit moment pour repérer les filles. J'avais peur de les avoir ratées, quand je les ai aperçues devant moi, la tête enfoncée dans les épaules pour se protéger du froid et de la neige. Bien. Par un temps pareil, je ne risquais pas trop d'être vu...

Arrivées près de la montagne, elles se sont séparées. Bye, Mathilde. Bye, Anne-Sophie. Ce n'est pas vous qui m'intéressez, c'est Laure. Celle-ci a poursuivi sa route un court instant puis elle a tourné à gauche. J'ai pressé le pas. J'avais peur de la perdre de vue, surtout avec cette neige. En tournant le coin, je l'ai aperçue un peu plus loin, qui marchait d'un pas vif. Au bout de quelques rues, elle a tourné une nouvelle fois à gauche. Je me suis mis à courir. Je l'avais suivie jusque-là. Pas question qu'elle m'échappe.

Elle ne m'a pas échappé. Je l'ai suivie, après quelques détours, jusqu'à l'école primaire que fréquentent Samuel et Cléa. L'école qui est collée à la poly. Je suis resté dehors à grelotter en attendant qu'elle ressorte, ce qu'elle a fait une dizaine de minutes plus tard en compagnie de Samuel, bien emmitouflé dans son habit de neige, la tête entourée d'un foulard rouge vif. Je leur ai emboîté le pas. Cinq minutes après, ils entraient dans l'un des immeubles les plus laids et les plus délabrés du quartier.

Cléa avait raison. Ils habitaient vraiment très près de chez nous.

Chapitre 6

Laure a l'impression de s'enliser dans des sables mouvants. Déjà, elle ne bouge plus qu'avec difficulté. Elle traîne le poids de ses mensonges, du monde factice qu'elle a bâti autour d'elle. Il lui arrive de songer qu'elle ne peut s'en prendre qu'à elle, que rien ne l'obligeait à mentir, qu'elle aurait dû dire la vérité dès le début. Mais à peine ces pensées l'effleurent-elles qu'elle les chasse avec horreur. Tout dire ? Impossible. Elle mourrait de honte.

Alors elle se contente de s'enfoncer un peu plus chaque jour dans le mensonge, dans les sables qui l'emprisonnent. Elle n'a plus prise sur rien. Elle tente de s'accrocher, mais tout s'effrite autour d'elle. Elle est à la merci du hasard, des autres. De Christian, surtout.

Quand elle pense à lui, Laure sent le souffle lui manquer, comme si les sables l'avaient finalement engloutie et qu'elle commençait à étouffer. Jamais elle n'aurait imaginé que Christian pourrait être aussi tordu, aussi sadique. Le pire, c'est le sourire avec lequel il inflige ses blessures, le plaisir qu'il prend à la torturer.

Il y a une semaine que ça dure.

▲ ▲ ▲

Christian était déjà là, dans un coin tranquille de la salle d'ordinateurs, quand Laure est arrivée au rendez-vous qu'il lui avait fixé.

Il a commencé par parler de tout et de rien. Il faisait beau, non ? Un peu froid, peut-être. Qui avait-elle comme prof de maths ? Serge Provencher ? Il l'avait eu l'année précédente. Bon prof, oui, mais quelle haleine pourrie !

Laure répondait par monosyllabes, nerveuse, mal à l'aise. Christian ne l'avait quand même pas fait venir pour lui parler de l'haleine du prof de maths. Pourquoi ne disait-il pas franchement ce qu'il avait à dire, qu'on en finisse une fois pour toutes ?

Au bout de longues minutes, insensiblement, il a amené la conversation exactement où il le voulait.

« Qu'est-ce que tu as fait de bon en fin de semaine ?

— Pas grand-chose.

— Pas d'équitation ? Pas de ski ? Pas de folles dépenses dans les magasins ? Non ? Vraiment ? »

Laure n'a pas répondu. Elle n'aimait pas le petit sourire avec lequel Christian lui posait ces questions.

« Moi, comme je te l'ai dit au téléphone, je suis allé dans un party très instructif. J'ai passé des moments formidables avec Caroline Mornay. Une fille remarquable. Belle, intelligente, un sens de l'humour merveilleux. Et des connaissances époustouflantes dans certains domaines. Le bridge, par exemple. Savais-tu qu'elle jouait au bridge ? »

Silence.

« Tu ne réponds pas ? Le bridge ne t'intéresse pas ? Moi non plus, d'ailleurs. Mais ce n'est pas grave. Attends, de quoi Caroline a-t-elle bien pu me parler, aussi ? Oh, elle m'a parlé de sa famille, de ses amis. De son école, aussi. L'Académie des Grands-Pins. J'ai été très étonné d'apprendre que des scandales peuvent éclater même dans une école aussi huppée. Pas très souvent, non. Mais il y en a eu un, l'automne dernier. J'y pense... tu étais là, à cette époque, tu dois donc connaître cette histoire encore mieux que moi, non ? »

Christian s'est interrompu et a observé Laure avec ce petit sourire qu'elle a appris à connaître et à redouter.

Laure a inspiré profondément, dans l'espoir de faire disparaître la boule qui lui serrait la gorge et de calmer son cœur qui battait si fort qu'elle en avait mal.

« Qu'est-ce que tu veux, au juste ? a-t-elle demandé au garçon d'une voix qu'elle s'efforçait de garder ferme. Tu veux tout révéler aux autres et me traîner dans la boue, c'est ça ? »

Le garçon a pris un air offensé.

« Tu me connais mal, voyons. Je ne ferais jamais une chose pareille... Pas à une fille gentille comme toi. N'est-ce pas que tu es gentille ? Très très gentille. »

Laure n'aimait pas le regard que Christian posait sur elle, ni le ton sur lequel il disait « gentille ».

« Arrête de tourner autour du pot, Christian. Qu'est-ce que tu veux en échange de ton silence ? De l'argent ? Tu sais très bien que je n'en ai pas. Alors quoi ? Tu ne vas quand même pas garder le silence pour mes beaux yeux ? »

Le garçon a eu un grand sourire.

« Mais oui, ma belle, pour tes beaux yeux. Tes yeux, tes lèvres, tes cheveux... et tout le reste », a-t-il ajouté en promenant lentement son regard sur le corps de Laure.

Celle-ci aurait voulu disparaître, échapper à ce regard qui la salissait. Un regard gluant, visqueux, qui lui collait à la peau et lui donnait envie de vomir.

« C'est du chantage ! a-t-elle lancé d'une voix rageuse.

— Quel vilain mot ! Mais non, ma belle, ce n'est pas du chantage. C'est un échange de bons procédés, rien de plus.

— Arrête de m'appeler "ma belle". »

Christian n'a pas répondu. Il s'est approché d'elle. Il a passé un bras autour de ses épaules, posé une main sur sa cuisse et il l'a embrassée. Longtemps, savamment, froidement.

Laure s'est laissé faire. Elle s'efforçait de penser à autre chose et de retenir la nausée qui montait en elle.

Elle était prise au piège.

▲   ▲   ▲

Ce petit jeu dure donc depuis une semaine, et Laure se demande jusqu'où elle pourra le supporter.

Chaque soir, dans le refuge de son lit, elle se jure de mettre un terme à ce chantage odieux dès le lendemain. Tant pis pour les conséquences. Que Christian clame au monde entier ce qu'il sait, elle s'en fiche. Elle se dit que rien ne peut être pire que le regard du garçon sur elle, ses mains sur son corps, sa bouche sur la sienne...

Mais le lendemain, à l'école, elle oublie toutes ses résolutions. Elle passe ses journées dans la crainte de voir apparaître Christian. Dès qu'elle l'aperçoit, au bout d'un corridor ou dans la porte de la cafétéria, elle voudrait s'enfuir à toutes jambes, se sauver au bout du monde. Mais elle semble paralysée. Elle reste sur place jusqu'à ce qu'il soit près d'elle et qu'il s'approprie son corps, son temps, sa volonté. Elle s'en veut d'être aussi faible, aussi passive. Elle maudit son manque de volonté. Mais elle subit Christian, malgré la répulsion qu'il lui inspire.

Elle ne peut plus le sentir, littéralement. Son odeur lui donne mal au cœur, sa voix lui écorche les oreilles, ses mains et ses lèvres la révulsent. Dès que le garçon la touche, elle sent son corps se crisper. Elle voudrait se refermer comme une coquille, rentrer en elle-même, se dissoudre par en dedans, afin qu'il ne reste d'elle aucune surface, aucune substance sur laquelle Christian puisse avoir prise.

Il ne l'a pas encore forcée à coucher avec lui, mais elle se doute que cela ne tardera guère. Comment réagira-t-elle, alors ? Sa répugnance sera-t-elle assez forte pour l'amener enfin à se révolter ? Ou subira-t-elle cela comme elle subit le reste ?

Elle aimerait pouvoir se confier à quelqu'un. Mais à qui ? À sa mère ? Celle-ci a déjà suffisamment de problèmes. Et puis, elles n'ont jamais été très intimes, toutes les deux. Quand Laure était petite, elle aimait se réfugier dans les bras de sa mère, se coller contre elle, respirer son parfum... Mais il y a des années qu'elles ne se sont pas touchées, qu'elles ne se sont pas vraiment parlé. Pas même au cours des derniers mois, quand tout s'est écroulé.

À ses amies ? Quelles amies ? Elle croyait avoir des amies, autrefois. Emmanuelle, Caroline. Envolées, les amies. Mathilde et Anne-Sophie ? Ce ne sont pas des amies. Et, de toute façon, elles ne comprendraient pas. Elles étaient tout excitées quand Christian a enlacé Laure en public la première fois.

« Tiens, tiens, on a un nouveau petit couple d'amoureux, on dirait... Vous nous aviez caché ça. »

Bien sûr, elles avaient aussi posé quelques questions.

« Tu n'as pas déjà un chum, Laure ? Le beau Fabien, qu'est-ce que tu en fais ? »

Laure avait balbutié quelque chose au sujet de la distance qui les séparait, des problèmes posés par les amours lointaines. Christian, lui, avait dit :

« Que voulez-vous : rien ne résiste au véritable coup de foudre. N'est-ce pas, Laure ? »

Depuis, Mathilde et Anne-Sophie n'arrêtent pas de répéter à Laure à quel point elle est chanceuse d'avoir des amoureux aussi beaux, et intéressants, et... Au fait, maintenant qu'elle sortait avec Christian, ne pourrait-elle pas leur refiler le numéro de téléphone du beau Fabien ?

Laure est seule avec son secret. Vraiment seule.

Chapitre 7

De plus en plus curieux et bizarre, le mystère qui entoure Laure. Inquiétant, aussi.

Christian Tougas a mis le grappin sur Laure. Ils sortent ensemble, paraît-il. Pourtant, pas besoin de les observer bien longtemps pour se rendre compte que Laure a plus l'air d'un animal pris au piège que d'une amoureuse comblée. Ce qui est étrange, c'est que je semble être le seul à m'en apercevoir. Il faut dire que je connais bien Christian et ses manigances.

Lui et moi, on a fait partie de la même équipe de soccer, il y a quelques années, et j'ai appris à me méfier de lui. Il est hypocrite, menteur, vicieux, dangereux – et je pèse mes mots. Il n'attaque jamais directement et il ne se met jamais en colère. Il est plutôt du genre à détecter les faiblesses de ses adversaires – de ses ennemis, devrais-je dire — et à en profiter. Dès qu'il se rend compte que quelqu'un est vulnérable, il s'arrange pour le réduire à sa merci. Sympathique, non ?

Avec Laure, il a sûrement agi de la sorte. Je ne sais toujours pas ce qu'elle cache, sous ses airs de princesse, mais Christian le sait, lui. Et ce doit être grave, pour que Laure se laisse faire, malgré sa répugnance. Parce que Christian lui répugne, c'est évident. Il suffit de voir ses yeux, quand il est près d'elle. Il suffit de la voir se raidir, quand il la touche. Je crois toujours qu'elle va se mettre à hurler, mais elle ne le fait jamais.

Quel crime a-t-elle bien pu commettre pour se laisser torturer ainsi par Christian sans réagir ?

▲　▲　▲

« Tanya, toi qui es une fille, comprends-tu pourquoi Laure n'envoie pas promener Christian ? »

Tanya m'a regardé d'un drôle d'air par-dessus son éprouvette.

« Pourquoi est-ce qu'elle l'enverrait promener ? Il est beau, fin, intelligent...

— C'est un sinistre individu, oui. Et il est clair que Laure ne peut pas le sentir.

— Je n'ai pas remarqué. En fait, j'ai plutôt l'impression que c'est toi qui ne peux pas sentir Christian. Serais-tu jaloux, par hasard ? Aurais-tu un œil sur Laure, toi aussi ? Je pensais que tu n'aimais pas le style net, fret, sec. »

Je peux me tromper, mais il m'a semblé que c'était plutôt Tanya qui avait un ton net, fret et sec en disant cela.

« Jaloux ? ai-je répondu. Mais non, voyons, où vas-tu chercher ça ? Et puis... »

Mᵐᵉ Beaudoin nous a interrompus.

« Dites donc, vous êtes au laboratoire de sciences physiques, pas à la cafétéria ni sur un banc de parc. Vous feriez mieux de vous occuper de votre expérience, au lieu d'échanger des mots doux. »

Tanya est devenue cramoisie.

« C'est pas des mots doux, c'est...

— Tanya, attention ! »

Avec un juron qui a provoqué un froncement de sourcils chez Mᵐᵉ Beaudoin, Tanya a tenté de rattraper son éprouvette. Sans succès. Le tube de verre s'est écrasé sur les dalles du laboratoire, où il a éclaté en mille miettes.

« Tan...

— Toi, tais-toi ! » a-t-elle sifflé avec rage en se penchant pour réparer les dégâts.

Je me suis tu, oui. Pas pour obéir à son ordre, mais parce que la surprise m'a cloué le bec. Il y a des années que je connais Tanya, et jamais je ne l'avais entendue parler sur ce ton. Normalement, elle est plutôt du genre à prendre la vie du bon côté et à rire de ses (nombreuses) maladresses. Qu'est-ce qui lui prenait ?

▲   ▲   ▲

Au dîner, Tanya n'est pas venue s'asseoir avec Marco et moi, comme d'habitude. Elle est allée s'installer au fond de la cafétéria, où elle a commencé à manger son sandwich, un livre ouvert devant elle.

« Qu'est-ce qu'elle a ? s'est étonné Marco.

—Je ne sais pas trop. Déjà, au labo, elle était un peu bizarre. Attends, je vais voir... »

Il a fallu que je me racle la gorge deux fois et que je dise son nom trois fois pour que Tanya daigne enfin lever les yeux sur moi.

« Qu'est-ce qui se passe, Tan ? Tu es fâchée ?

—Fâchée ? Pourquoi je serais fâchée ?

—Je ne sais pas, mais...

—J'ai simplement décidé qu'il était temps que je prenne mes distances. Tu as entendu Mme Beaudoin ? Des mots doux !

70

Et quoi encore ? Les gens nous voient trop souvent ensemble, et ils pourraient s'imaginer des choses. Tu ne voudrais quand même pas qu'ils croient que nous sortons ensemble, non ? »

J'avoue que je ne m'étais jamais posé la question.

« Eh bien... je... enfin... »

Tanya m'a interrompu d'une voix cassante.

« Je suggère donc qu'on arrête de se tenir ensemble, pour un bout de temps. Tu restes dans ton coin, je reste dans le mien. Et ne compte pas sur moi pour t'accompagner au party, vendredi. Je sens que je vais avoir le goût de faire des conquêtes, ce soir-là. Alors, pas question que je m'encombre de toi. »

Tanya a toujours été directe, mais là, elle était carrément bête. Quelle mouche l'avait piquée ? Où était mon amie Tanya, la Tanya drôle, gentille et pas compliquée que je connais depuis presque huit ans ? On fait nos travaux ensemble, on fait du vélo, on va au cinéma de temps en temps, on joue d'interminables parties de Risk ou de Monopoly, on dîne à la même table à la cafétéria... Le plus souvent, on est avec Marco, mon copain de l'époque de la garderie. Tanya fait partie de ma vie au même titre que Marco, ma mère, mes sœurs ou mes vélos, et je pensais bien la connaître. Mais la Tanya qui était devant moi ce jour-là m'était complètement inconnue. Elle semblait m'en vouloir, sans que je sache pourquoi. Elle avait parlé de conquêtes... Peut-être avait-elle quelqu'un en vue, et je lui nuisais en étant toujours dans le décor... Ça m'a fait drôle d'imaginer Tanya en train de bécoter un gars dans un coin.

Pendant que je restais là à me demander ce qui lui arrivait, Tanya a replongé le nez dans son livre. Je suis allé retrouver Marco.

« Et puis ?

— Elle a peur que les gens pensent qu'on sort ensemble... Elle avait l'air fâchée. Tu comprends ça, toi ?

— Les filles, tu sais, ce n'est pas facile à comprendre. Elles sont toujours pleines d'états d'âme... »

Il a poussé un grand soupir en disant ça, et je n'ai pas pu m'empêcher de sourire.

Les états d'âme, c'est la phobie de Marco. L'autre jour, au beau milieu d'un cours de français, il s'est mis à hurler :

« Quel est l'état d'âme de l'héroïne ? Quel est l'état d'âme de l'héroïne ? Demandez-moi dans quel pays elle habite, ce qu'elle a mangé pour déjeuner, qui est son amant ou quelle est la couleur de ses yeux, mais ne me demandez pas quel est son *état d'âme* ! Comment voulez-vous que je le sache ? Je ne suis ni dans sa tête ni dans son âme... Les états d'âme, c'est une invention d'écrivains qui n'ont pas d'histoire à raconter et de profs sadiques qui n'ont rien d'autre à faire que de tourmenter leurs élèves... »

Tanya aurait-elle subi une attaque d'états d'âme ?

▲　▲　▲

Le vendredi, j'ai bien failli ne pas aller au party qui marquait le début de la semaine de relâche. Je ne suis pas très porté sur les foules, la musique assourdissante et les gesticulations hystériques. Si, en plus, Tanya ne voulait pas me parler... Mais Marco a insisté.

« Justement, ce sera l'occasion de t'expliquer avec elle. Tu as peut-être fait une gaffe sans t'en rendre compte, Zouc... euh... Jérémie. Et puis, tout le monde va être là... »

En effet, me suis-je dit. Je pourrais profiter du bruit, de l'agitation et de la pénombre pour éclaircir la situation avec Tanya. Peut-être aussi pour parler à Laure, si elle était là. Après tout, je n'avais toujours pas de réponses aux questions que je me posais à son sujet...

J'ai raté mon coup sur tous les tableaux.

Tanya a passé la soirée à rire trop fort, à se trémousser, à flirter outrageusement avec Steve Longpré et Simon Poitras-Deshaies et à s'éloigner chaque fois que j'essayais de l'approcher.

Un court instant, j'ai cru que j'aurais plus de succès avec Laure. Elle était avec Christian, bien sûr, qui n'arrêtait pas de la caresser et de l'embrasser. Contrairement à Tanya, Laure ne riait pas du tout. Elle semblait mal à l'aise, malheureuse même. J'ai profité d'un des rares moments où Christian s'est éloigné – le monstre serait-il humain, finalement, et éprouverait-il un besoin aussi normalement humain que celui de soulager une vessie trop pleine ? – pour m'approcher d'elle.

« Tu danses ?

— Je n'ai pas le goût.

— Il faut que je te parle. C'est important. Viens. »

Laure s'est laissé entraîner sur la piste de danse, où j'ai connu un accès de panique. Parler, ça peut toujours aller, même si, avec Laure, ce n'est pas évident. Mais danser... Pour résumer, disons que je ne suis pas le meilleur danseur qui soit. Et ça m'a fait drôle d'être aussi proche de Laure. Elle était plus petite que je ne l'aurais cru. Plus frêle, aussi. J'ai pensé à ma sœur Ludmilla, qui a à peu près le même format. Je me suis demandé ce que je ferais si un gars comme Christian essayait de lui faire du mal. Je me suis senti très protecteur envers Laure, tout à coup. Très grand frère.

Du coin de l'œil, j'ai aperçu Tanya qui nous observait. J'aurais aimé voir son expression, mais j'étais vraiment trop loin. Aussi bien me concentrer sur la musique.

Comme toujours, j'avais du mal à saisir le dixième du quart des mots de la chanson, mais il y avait quand même des mots qui surnageaient, surtout ceux qui revenaient souvent. *Wicked game*... Comment traduire ces mots ? Jeu cruel ? Jeu pervers ? J'ai aussitôt pensé à Christian et à sa façon d'agir avec Laure. À Christian, qui ne passerait probablement pas sa vie dans les toilettes. Si je voulais parler à Laure, j'avais intérêt à faire vite.

« Écoute... Je ne sais pas trop par où commencer. Je sais que tu nous racontes des histoires, que tu caches des choses. Je sais aussi que Christian est au courant de tout. Alors, je me suis dit... »

Laure ne m'a pas laissé terminer. Elle s'est écartée de moi avec violence. Le regard rempli de haine, elle m'a sifflé :

« Alors tu t'es dit que tu voulais en profiter, toi aussi, c'est ça ? Que tu pouvais me faire chanter, toi aussi, et me tripoter à ton goût ? »

Qu'est-ce qui lui prenait ? Elle était folle, ou quoi ? J'ai essayé de me défendre.

« Mais non, voyons. Je veux juste... »

Laure s'est mise à hurler.

« Laisse-moi tranquille, espèce de salaud ! Tu m'écœures, entends-tu, tu m'écœures ! Vous m'écœurez tous ! »

Elle a tourné les talons et elle s'est sauvée en courant.

Autour de nous, les couples avaient cessé de danser. Tout le monde avait les yeux fixés sur moi. J'avais l'impression d'être un criminel. Ce que j'avais de mieux à faire, c'était de rentrer chez moi.

En traversant la salle, j'ai croisé Tanya.

« Tan... »

Elle n'a pas entendu. Ou elle a fait semblant de ne pas entendre. La tête tournée vers Steve, elle a éclaté de rire. Ça peut faire mal, un rire, des fois.

En arrivant à la maison, je me suis dirigé vers le garage. J'étais brusquement impatient de m'occuper de cette roue voilée qui me narguait depuis quelque temps. À cet instant précis, j'éprouvais une grande, une énorme, une extraordinaire affection pour les vélos. Contrairement aux filles, les vélos n'ont pas d'états d'âme.

Chapitre 8

À peine Laure s'est-elle enfuie du party que déjà elle regrette son geste. Elle ne sait d'ailleurs pas pourquoi elle a réagi avec une telle violence aux paroles de Jérémie.

Elle a été étonnée qu'il l'invite à danser. Mais elle n'a pas résisté longtemps. Lui ou un autre... Ça ne pouvait pas être pire qu'avec Christian.

Jérémie n'était pas un bon danseur, mais Laure s'est sentie bien avec lui. Elle s'est laissé envahir par la musique, par les mots, dont elle saisissait des bribes ici et là... Les bras de Jérémie l'enserraient très légèrement. Elle savait qu'elle aurait pu se dégager facilement, si elle l'avait voulu, et que Jérémie ne l'en aurait pas empêchée. Pour la première fois depuis des jours, elle ne se sentait pas contrainte. Son corps lui appartenait, à elle et à elle seule. C'était agréable, comme impression.

Malheureusement, Jérémie s'est mis à parler, et l'impression agréable a volé en éclats.

« Tu nous racontes des histoires », a-t-il dit. « Tu caches des choses. »

Et Laure s'est sentie démasquée, attaquée, coupable et terriblement vulnérable. Oui, elle cachait des choses. Oui, elle racontait des histoires. Et puis après ? Elle ne faisait de tort à personne... Qu'est-ce qu'ils avaient tous à l'embêter avec ça ?

Du coin de l'œil, elle a vu Christian s'approcher. La musique était de plus en plus envahissante, hallucinante même. *What a wicked game it was*, disait le chanteur. Et Christian, qui était maintenant tout près, juste derrière Jérémie. Sans réfléchir, sans même le vouloir, Laure s'est mise à hurler. Salaud, tu m'écœures... Ce qu'elle n'osait pas crier à Christian, voilà qu'elle le lançait à la tête de Jérémie, qui ne semblait pourtant pas très dangereux.

Laure sait bien, au fond d'elle-même, que Jérémie n'a pas l'intention de la faire chanter. Ça ne l'empêche pas d'être inquiète. Comment a-t-il mis au jour ses mensonges ? Par sa petite sœur, sans doute. Quelle idiote elle a été de s'imaginer qu'elle pouvait faire croire n'importe quoi à n'importe qui, et qu'elle s'en tirerait indemne. Christian l'a démasquée. Maintenant, c'est au tour de Jérémie. Et après, ce sera qui ? Mathilde, qui s'écartera d'elle avec horreur ? Anne-Sophie, qui s'empressera de répandre la nouvelle ? Un autre, dix autres garçons, qui croiront avoir des droits sur elle ?

Elle se répète, comme souvent, que ça ne peut plus durer, qu'elle va devoir mettre un terme aux mensonges. Elle sent quand même la panique l'envahir dès qu'elle envisage sérieusement de révéler ce qui s'est passé.

▲ ▲ ▲

Une trêve. Voilà ce que représente la semaine de relâche pour Laure. Christian fait du ski quelque part dans le Nord. Mathilde et Anne-Sophie se font bronzer quelque part dans le Sud. Et Laure respire plus librement quelque part au milieu.

Elle sait bien que ça ne durera pas, mais elle s'interdit de penser au retour en classe, et aux décisions qu'elle devra prendre à ce moment-là.

▲ ▲ ▲

« Vous êtes sûre que ça ne vous dérange pas ? insiste Laure au téléphone.

Avec tous les enfants qu'il y a déjà chez vous... »

Éclat de rire à l'autre bout du fil.

« Justement, dit la mère de Cléa. Un de plus, un de moins... Et les amis de mes enfants sont toujours les bienvenus. De toute façon, cette semaine, Jérémie et Ludmilla sont là pour m'aider... »

Jérémie. Laure se sent mal à l'aise, tout à coup. Pourvu que ce ne soit pas lui qui réponde quand elle conduira Samuel là-bas... Elle ne saurait pas quoi lui dire, après l'épisode du party. En fait, depuis ce soir-là, elle évite même de passer devant chez lui, de crainte de le rencontrer.

Ce n'est pas Jérémie qui répond, mais une fille un peu plus jeune. Ludmilla, sans doute.

« Salut, Samuel. Tu es Laure, je suppose. Tu veux entrer ? »

Non, surtout pas !

« Euh... merci, mais... j'ai quelque chose à faire. »

Se tourner les pouces, ressasser des idées noires, relire la carte postale de Christian avant de la déchirer en mille morceaux.

Bonjour, ma belle !

Dommage que tu ne sois pas ici. On aurait tellement de choses à se dire... surtout après ton départ précipité de l'autre soir.

À bientôt. À très bientôt.

Laure se surprend à souhaiter que Christian se casse une jambe ou deux (ou trois), qu'il décide de s'établir dans le Nord ou qu'il oublie comment rentrer à Montréal. Qu'il disparaisse à tout jamais.

▲　▲　▲

Au souper, Samuel est un vrai moulin à paroles.

« On a fait des dessins, et puis on a joué à la cachette, et puis on est allés à la bibliothèque avec Jérémie et Lulu... »

Il n'en finit plus de détailler ses activités de la journée.

« ... et puis on a essayé de faire un bonhomme de neige, mais la neige fondait au lieu de coller, et puis on a fait sécher nos habits de neige, et puis Jérémie nous a raconté une histoire, et puis... »

De toute évidence, Samuel s'est bien amusé. De toute évidence aussi, il a un nouveau héros en la personne de Jérémie.

« Il est gentil, il est drôle, il a plein de bonnes idées... »

Laure n'a aucune raison d'en douter. Malheureusement, elle a tout fait pour se mettre à dos ce garçon gentil, drôle et plein de bonnes idées. Elle est douée, vraiment très douée.

▲ ▲ ▲

Plus que soixante-douze heures avant
le retour en classe.

Quarante-quatre.

Vingt-six.

Douze.

Six.

Laure n'arrive pas à trouver le sommeil.

La trêve est finie.

Chapitre 9

Après le party, j'étais décidé à oublier Laure et ses secrets, Tanya et ses états d'âme. Je n'allais quand même pas leur tordre le bras pour qu'elles me parlent !

Ça me semblait d'autant plus facile de les oublier que j'avais de quoi m'occuper pendant la semaine de relâche. Prendre soin de mes frères et sœurs (et de leurs innombrables amis) quand ma mère était débordée (la garderie ne fermait pas, elle, pendant la relâche scolaire). Remettre mon vélo en ordre pour le printemps (le temps s'était mis au doux, pendant la semaine, la neige fondait à vue d'œil, et moi, je commençais à avoir des fourmis dans les jambes – je rêvais de routes à la campagne, de sentiers en montagne, de pistes cyclables... et même de slaloms suicidaires entre les autos et les camions du centre-ville). Préparer les cliniques de mise au point à la poly (jamais il n'y avait eu autant d'inscriptions, et j'avais dû planifier quatre cliniques pour répondre à la demande – deux fins de semaine complètes au retour de la semaine de congé).

Je n'avais donc aucune raison de perdre mon temps à penser à Laure ou à Tanya. Le problème, c'est que je n'arrêtais pas de penser à elles quand même.

Je dois avoir un côté maso.

▲　▲　▲

« Tanya n'est pas là ? »

Il est perspicace, Marco, quand il veut.

« Elle a dit qu'elle pouvait s'occuper de son vélo elle-même, depuis le temps qu'elle participe aux cliniques...

— Si je comprends bien, ça ne s'arrange pas tellement, elle et toi... »

Avant de répondre, j'ai pris le temps de fixer mon vélo sur le support que j'ai fabriqué pour pouvoir travailler plus à l'aise.

« Pas tellement, non.

— Mais... »

J'ai interrompu Marco.

« On est là pour faire la mise au point de nos vélos ou pour papoter ? Passe-moi la pince-étau... »

Ce jour-là, pour la première fois de ma vie, je n'ai eu aucun plaisir à tripoter des jantes cabossées, des chambres à air éventées et des chaînes crasseuses.

▲ ▲ ▲

Le jeudi, ma sœur Ludmilla et moi avons décidé de prendre en charge une demi-douzaine d'enfants. Bricolage, jeux divers, sortie à la bibliothèque dans l'après-midi.

Samuel était là. Le frère de Laure. Je ne suis pas fier de moi, mais j'avoue avoir songé un instant à lui tirer les vers du nez. Après tout, il avait déjà révélé certaines choses à Cléa... Mais je me suis arrêté à temps. J'éprouvais de la répugnance à profiter de son innocence, et de son amitié avec Cléa.

J'ai pourtant saisi un bout de conversation entre lui et le petit Lucas quand nous sommes arrivés à la bibliothèque.

« Je m'appelle Samuel Lupien. Mais avant, je m'appelais Samuel Lupien-Corriveau. »

Ça n'a pas semblé étonner son ami outre mesure. Moi, par contre, j'avais le cerveau en ébullition. Lupien-Corriveau ? Pourquoi Samuel et sa sœur avaient-ils laissé tomber la deuxième partie de leur nom ? Que cherchaient-ils à cacher ? Un bref instant, j'ai pensé confier tout le groupe d'enfants à Ludmilla et me réfugier dans le coin des journaux pour consulter ceux des derniers mois. Le problème, c'est que je ne savais pas trop quoi chercher. Laure n'avait pas tué son père, quand même ? Du moins je le souhaitais. Ou alors c'est qu'elle avait de bonnes raisons. Il la violait, peut-être ? Ou...

Je me suis dit que j'étais en train de délirer. Et que je ne trouverais rien dans les journaux si le « crime » de Laure avait été de tricher à ses examens de français, de séduire le directeur de l'école, de piquer des crayons feutres dans un dépanneur ou de tomber enceinte du chum de sa meilleure amie... Et puis, est-ce que je n'étais pas censé oublier Laure ?

Alors, plutôt que de fouiller dans les journaux, j'ai lu une histoire à Colin, j'ai réglé une dispute entre Jules et Alexis, j'ai fait une interminable partie de dominos avec Amélie...

J'espère juste que je n'ai pas dit trop de bêtises, ce jour-là, et que les enfants ne se sont pas rendu compte que j'avais la tête ailleurs.

Chapitre 10

« Il existe, dans la vie de chacun, des moments qu'on voudrait oublier, ou même effacer complètement », commence M. Dagenais, le prof de morale, le lundi matin. « Des moments d'embarras, de honte... Vous devez tous avoir vécu de tels moments. Est-ce que certains d'entre vous pourraient nous en faire part ? »

Laure se fige. À tort ou à raison, elle sent les yeux du prof posés sur elle. N'a-t-il fait cette introduction que pour l'obliger à se confesser ? Mais non, voyons, il ne peut pas savoir. C'est un hasard, sans plus, un malheureux hasard. Il ne faut pas qu'elle se mette à voir des accusations partout, sinon elle va devenir folle.

Laure a beau tenter de se raisonner, elle n'en a pas moins le cœur qui bat trop vite et les oreilles qui bourdonnent.

Un garçon commence à parler. Laure perçoit quelques mots, ici et là, comme à travers un brouillard. Une histoire de pantalon déchiré, de rires moqueurs. Un autre garçon prend la parole. Puis une fille, à côté d'elle. Laure ferme les yeux. Elle a effroyablement chaud. Pas question qu'elle parle, elle. Même si elle le voulait, jamais elle n'arriverait à émettre ces séries de sons qu'on appelle des mots. Jamais...

« Et toi, Laure ? As-tu déjà vécu une situation de ce genre ? »

Laure ouvre la bouche et commence à parler. Vaguement étonnée, elle s'entend raconter l'épisode de la pièce de théâtre, en sixième année, quand elle avait oublié son texte devant une salle remplie de parents, d'enseignants, d'élèves des autres classes.

« J'étais horriblement gênée. Jeanne, mon enseignante, a dû me donner une copie du texte. Plutôt que de le réciter, je l'ai *lu*, du début à la fin. C'est l'expérience la plus humiliante de toute ma vie. »

Surtout, ne pas penser à ce jeudi matin d'octobre où, à l'Académie, les gens avaient commencé à la regarder d'un drôle d'air. Ni aux curieux massés devant la maison. Ni aux journalistes aux allures de rapaces. Ni aux grands titres dans les journaux... Se concentrer sur la pièce de théâtre, sur cette expérience qu'elle avait alors trouvée humiliante mais qu'elle considère maintenant comme banale.

« Oui, vraiment, l'expérience la plus humiliante de ma vie. »

Et voilà, un mensonge de plus.

Laure se sent prise d'une brusque envie de ricaner. Il est tellement facile de berner les gens. Puis elle aperçoit le regard de Jérémie posé sur elle, et son ricanement lui reste en travers de la gorge.

Il n'est pas toujours *si* facile de berner les gens.

▲   ▲   ▲

« C'est ici que tu te caches ! » s'exclame Christian d'une voix un peu trop enjouée quand il découvre Laure assise dans le coin des cases, un sandwich à la main. « Je me demandais où tu étais passée. Tu n'essaies pas de me fuir, j'espère ? Tu n'essaies pas de me fausser compagnie comme tu l'as fait l'autre soir ? Sais-tu que je n'ai pas du tout apprécié que tu me plantes là en plein party ? Pas du tout. »

Laure ne répond pas. Elle mord dans son sandwich, tout en regardant obstinément le bas de la case qui se trouve devant elle.

Christian s'accroupit à côté d'elle. Il lui saisit le menton entre le pouce et l'index et l'oblige à le regarder.

« Et j'apprécierais que tu me répondes quand je te parle. »

Laure persiste à se taire.

« Je sens qu'on va bientôt passer à une nouvelle phase de nos relations, ma belle. Une phase plus intime, si tu vois ce que je veux dire... »

Il lui repousse le menton d'un geste brusque. La tête de Laure heurte la case qui est derrière elle.

« Cet après-midi, à la fin des cours, attends-moi sans faute à la cafétéria. »

▲ ▲ ▲

Laure n'hésite pas. Elle quitte l'école avant le dernier cours.

Elle sait bien qu'elle ne pourra pas toujours fuir ainsi, mais, pour le moment, elle est incapable de penser à d'autres solutions.

L'un des avantages de sa fuite, c'est qu'elle n'est pas obligée de marcher des kilomètres avant de rentrer chez elle. Elle ira chercher Samuel plus tard.

En arrivant à la maison, elle a la surprise de tomber sur sa mère.

« Déjà rentrée ? s'étonne-t-elle.

— J'allais te dire la même chose, réplique sa mère. Je croyais que tu finissais à trois heures et demie ?

— Le prof était malade. Et toi, ta patronne était malade ? »

Marielle Lupien ne répond pas tout de suite.

« Non, finit-elle par dire d'une voix incertaine. Non, ma patronne n'était pas malade. Elle a simplement décidé de réduire mes heures de travail. » Elle regarde Laure bien en face. « Elle réduit mes heures... Et moi, moi, je ne sais pas du tout comment on va réussir à s'en sortir. Je suis désolée, Laure, mais comme mère, je ne suis vraiment pas à la hauteur. Comme mère, comme épouse, comme femme... »

Elle éclate en sanglots. Laure est mal à l'aise. Les derniers mois lui ont fourni plusieurs occasions de voir sa mère s'effondrer, mais c'est la première fois qu'elle aurait envie de la prendre dans ses bras et de pleurer avec elle. Elle se retient pourtant. Ce n'est pas le temps de brailler, c'est le temps de trouver une solution.

« Je... je vais travailler, maman. Le soir, les fins de semaine. On va se débrouiller...

— Mais quel genre de travail peux-tu trouver ?

—Vendeuse, caissière, serveuse…
N'importe quoi. Je ne suis pas complètement nulle, tu sais…»

Je pourrais aussi me faire pute, songe-
t-elle avec cynisme en se dirigeant vers sa
chambre. Après tout, c'est le rôle que j'ai
commencé à jouer pour préserver notre
secret. Je peux bien continuer pour gagner notre vie.

▲ ▲ ▲

Ce soir-là, le téléphone sonne à huit
heures précises.

«Alors, ma belle, on me fait faux
bond? Sais-tu que je n'aime pas ça du
tout? J'ignore ce que tu as, ces jours-ci,
mais tu as intérêt à vite changer d'attitude, si tu ne veux pas que je colporte de
vilains ragots à ton sujet. Ça me fendrait
le cœur, crois-moi, de te faire du tort,
mais, après tout, les gens ont droit à la
vérité. Alors, écoute-moi bien : demain,
arrange-toi pour être à la cafétéria à midi
pile. Compris?»

Laure raccroche d'un coup sec.

▲ ▲ ▲

Un peu plus tard, en allant se brosser les dents, elle aperçoit deux autres insectes argentés.

Certaines journées devraient simplement ne pas exister.

Chapitre 11

Oublier, oublier. Facile à dire...

Il ne m'a pas fallu une demi-journée, au retour des vacances, pour être de nouveau obsédé par le mystère Laure. Au cours de morale, il était tellement clair que cette histoire de pièce de théâtre cachait autre chose que je ne comprends pas que toute la classe n'ait pas réagi en criant : « Menteuse ! Menteuse ! » J'aurais pu le faire, je suppose, mais je ne m'appelle pas Christian.

Finalement, j'ai pris une décision. Puisque j'étais obsédé par ce mystère, eh bien, j'allais le résoudre. Et si Laure n'était pas disposée à m'aider, j'allais me débrouiller sans elle.

Après tout, me suis-je dit, un mystère, c'est comme un problème de mécanique de vélo. Peu importe la complexité du problème, on peut en venir à bout. Il suffit d'examiner les éléments un à un, de comprendre leur rôle et leurs rapports les uns avec les autres. Il faut que chaque pièce soit à sa place, que toutes les pièces s'imbriquent parfaitement les unes dans les autres pour que l'ensemble fonctionne bien, pour que l'ensemble ait un sens. Ce n'est pas nécessairement évident, mais, avec de la patience et de la logique, on finit toujours par trouver la solution. Toujours.

Pour ce qui était de Laure, c'était la même chose. Les détails qui m'intriguaient devaient avoir un sens. Il suffisait de découvrir lequel.

▲ ▲ ▲

C'est le beau temps qui m'a permis de trouver la solution.

Le temps doux avait persisté durant toute la semaine de relâche, et on se serait cru au printemps. Le soleil brillait, la neige fondait, les rues étaient sèches et cyclables...

Et si j'allais faire un tour à l'Académie des Grands-Pins ? En posant des questions à gauche et à droite, je finirais bien par savoir quel était ce mystère que Laure cachait si farouchement.

▲ ▲ ▲

J'ai trouvé l'adresse de l'Académie dans la section « Maisons d'enseignement » de *La Presse*. Par chance, elle n'était située qu'à une cinquantaine de kilomètres de Montréal. Je pouvais donc facilement y aller à bicyclette et en revenir le même jour. Je ne sais pas trop comment j'aurais justifié, aux yeux de mes parents, un petit voyage en Gaspésie ou sur la Côte-Nord...

Pour ce qui est de cette escapade d'une journée, je suppose que j'aurais pu partir sans rien dire à personne. Mais je craignais de ne pas être revenu à temps pour le souper, et je ne voulais pas que mes parents s'inquiètent.

Mardi matin, à six heures moins le quart, je me suis donc installé devant ma mère à la table de la cuisine.

« Déjà levé ? » s'est étonnée ma mère qui, elle, se lève tous les matins à cinq heures trente. Ses premiers protégés arrivent à sept heures, et, avant, elle s'occupe du déjeuner de toute la famille. De cinq heures et demie à six heures, elle boit lentement un jus d'orange en regardant par la fenêtre. Je me suis toujours demandé ce qu'elle voyait de si intéressant par cette fenêtre, à part le mur de brique rouge des voisins. Quand je lui ai posé la question, elle a souri. « À ce temps-ci de l'année, pas grand-chose. Il fait trop noir. D'ici quelques semaines, je vais recommencer à voir un petit bout de ciel, la lumière qui bouge. Des roselins, parfois. » En fait, je pense qu'elle profite simplement de ses seuls moments de paix de toute la journée.

« Je veux te faire part de mes plans pour aujourd'hui », ai-je déclaré en me versant un jus d'orange, moi aussi.

Ce que j'aime, avec ma mère, c'est qu'elle n'est pas du genre à s'énerver. Elle est grande, large, solide, et d'un calme à toute épreuve. Je suppose que c'est indispensable pour faire le métier qu'elle fait. Et pour avoir neuf enfants.

« Tu n'as pas l'intention d'aller à la poly ?

— Non, pas aujourd'hui. Je vais aller faire un petit tour à la campagne. » Je lui ai tendu l'annonce de l'Académie des Grands-Pins, que j'avais découpée. « Là. »

Elle a lu l'annonce, lentement. Puis elle a levé les yeux vers moi.

« Tu as l'intention de t'inscrire dans cette "institution d'élite nichée dans un coin enchanteur" ? Je ne voudrais pas te décevoir, mais je doute que nous ayons les moyens de te payer ne serait-ce qu'une semaine là-bas. Peut-être même pas une demi-journée, d'ailleurs. »

J'ai éclaté de rire.

« Ne t'inquiète pas, je ne veux surtout pas étudier là. Tu me vois, faire de l'équitation tous les jours ? Plutôt mourir... Non, je dois y aller pour trouver des renseignements.

— Je peux te demander à quel sujet ?

— Non. C'est... c'est confidentiel.

— Tu ne fais pas de bêtises, au moins ?

— Juré, craché. »

Ma mère a pris une gorgée de jus d'orange.

« Tu y vas à vélo ?

— Oui.

— Tu crois être de retour vers quelle heure ?

— En fin d'après-midi.

— Sois prudent. »

Elle s'est levée, elle m'a embrassé sur le front et elle est allée s'habiller.

J'adore ma mère.

▲ ▲ ▲

Comme toujours, le plus difficile a été de sortir de la ville. Éviter les voies rapides, trouver le moyen le plus sûr d'arriver sur la route qui nous intéresse, se protéger des 10 tonnes et des conducteurs distraits...

Après, le trajet s'est passé comme un charme. C'était ma première grande balade de l'année, et je me sentais revivre. J'avais du mal à croire qu'on n'était qu'à la mi-mars et que des tempêtes de neige pouvaient encore nous tomber dessus.

Because the sky is blue...

Des vieilles tounes des Beatles me trottaient dans la tête, et je pédalais en cadence.

I am the egg man, they are the egg men, I am the walrus, goo goo g' joob g' goo goo g' joob...

Pédaler, chantonner, oublier de penser, voir le monde se dérouler lentement devant soi... Que demander de plus?

Goo goo g' joob...

▲   ▲   ▲

Je suis arrivé à l'Académie des Grands-Pins vers dix heures et demie. J'ai appuyé ma bicyclette contre un arbre et je me suis approché à pied des bâtiments en me faisant le plus discret possible. Je ne tenais pas à me présenter à la porte principale en demandant à parler au directeur !

Je voulais reconnaître un peu le terrain. Plus tard, je m'arrangerais pour croiser des élèves... et poser quelques questions innocentes.

Ainsi, c'était là que Laure étudiait avant d'aboutir dans notre polyvalente. Le moins qu'on puisse dire, c'est que c'était un fameux contraste ! Comme si la richesse permettait même d'acheter les paysages, la paix et la beauté. Mais peut-être pas la tranquillité d'esprit, si je me fiais à ce que je voyais de Laure.

Je me suis baladé sur le terrain, dans le boisé, le long d'un ruisseau... J'ai vu des cibles de tir à l'arc, un terrain de football et de soccer, des courts de tennis, une patinoire aux trois quarts fondue, une piste d'hébertisme. Plus loin, à l'orée d'une grande forêt, j'ai aperçu une demi-douzaine de chevaux près d'une écurie.

Vers onze heures et demie, une cloche a sonné, des portes se sont ouvertes, un flot de gars et de filles s'est déversé au dehors. Les décors changent, mais les habitudes des élèves ne varient pas tellement d'une école à l'autre. J'ai observé la scène un moment, puis je me suis dirigé vers un groupe composé d'un gars et de deux filles. Je me sentais une âme de détective.

▲   ▲   ▲

De petit groupe en petit groupe, et en disant que j'étais «un copain d'une copine», j'ai fini par tomber sur Fabien, qui est aussi fendant en personne qu'en photo. Ce gars-là ne me revient pas, et je ne crois pas que ce soit une question de jalousie.

FFF était avec une fille qui s'appelle Caroline et qui fait des efforts considérables pour être antipathique. Avec succès, dois-je préciser.

«Salut. J'ai un renseignement à vous demander. L'été dernier, un de mes amis a rencontré une fille qui vient à l'école ici. Laura, elle s'appelle. Non, Laure. Elle lui a donné son adresse et son numéro de téléphone, mais il s'est fait voler son porte-monnaie, et il a tout perdu. Alors, comme je passais dans le coin, il m'a demandé de venir la voir et de lui redemander ses coordonnées. Mais je viens d'apprendre qu'elle n'est plus ici. La fille, là-bas, m'a dit que vous pourriez me renseigner.»

J'étais plutôt fier de mon histoire.

«Où est-ce qu'il a rencontré Laure, ton copain?

— À... euh, à Cape Cod. »

Fabien m'a scruté de la tête (ébouriffée) aux pieds (boueux et trempés) avant de répondre, d'une voix méprisante :

« Laure n'a jamais mis les pieds à Cape Cod de sa vie. L'été dernier, elle est allée en Grèce. Qui es-tu ? Et qu'est-ce que tu veux savoir, au juste ? »

J'ai probablement plus d'avenir dans un atelier de réparation de vélos que dans une agence de détectives. J'ai décidé de risquer le tout pour le tout.

« Je m'appelle Jérémie. Je vais à la même école que Laure. Elle a des ennuis. Et, pour l'aider, j'ai besoin de savoir ce qui s'est passé, il y a quelques mois, et pourquoi elle a quitté l'Académie. »

Fabien et Caroline ont échangé un regard. Puis Caroline a dit :

« OK, on va tout te raconter. Mais il va falloir faire vite. On doit être rentrés pour midi... »

Chapitre 12

Laure se tourne et se retourne dans son lit, incapable de trouver le sommeil.

«... une nouvelle phase de nos relations... plus intime, si tu vois ce que je veux dire... réduire mes heures de travail... s'en sortir... comment on va s'en sortir... à la cafétéria à midi pile... à midi pile... compris... »

Soudain, Laure revoit le regard de Jérémie, ce matin-là, au cours de morale. Il ne la croyait pas, mais il ne la condamnait pas non plus. Et Laure a brusquement la conviction que Jérémie peut l'aider à résoudre ses problèmes. Il semble sérieux, solide, respecté dans l'école. Et c'est le frère de Cléa, la Cléa de Samuel. Sans trop savoir pourquoi, Laure trouve ce détail rassurant. Elle va parler à Jérémie. Elle va lui raconter son histoire. Et tout va s'arranger.

Laure s'endort enfin, malgré la petite voix, dans sa tête, qui ne cesse de demander pourquoi tout devrait s'arranger si elle parle à Jérémie. Il est magicien, peut-être? Ou tueur à gages, pour pouvoir éliminer Christian à tout jamais? Qu'est-ce qu'il a de si spécial, ce Jérémie, hein? Tu ne crois pas qu'il serait temps que tu cesses de croire au père Noël, Laure Lupien? La vie est pourrie, tu ne t'en es pas encore aperçue? Et ce n'est pas Jérémie qui pourra y changer quelque chose.

▲　▲　▲

Au réveil, le mardi matin, Laure est beaucoup moins sûre que Jérémie va pouvoir tout arranger. Elle persiste néanmoins à vouloir lui parler. Même si Jérémie ne peut rien pour elle, le simple fait de lui parler va peut-être l'aider à voir plus clair... Maintenant que sa décision est prise, elle a même hâte d'arriver à l'école. Il faut qu'elle voie Jérémie avant de tomber sur Christian...

Pas de Jérémie près des cases, ni dans les corridors. Ce n'est pas grave, elle le verra à la deuxième période, au cours de maths.

Le cours de maths arrive, mais Jérémie ne se montre pas.

Laure s'étonne d'être aussi déçue.

▲   ▲   ▲

Laure intercepte Tanya à la sortie du cours d'histoire.

« Tu es une amie de Jérémie, non ? Sais-tu pourquoi il n'est pas là, aujourd'hui ? »

Tanya regarde longuement Laure sans répondre.

Laure, mal à l'aise, reprend :

« Pourrais-tu me donner son numéro de téléphone ? Je ne l'ai pas sur moi, et j'aurais besoin de lui parler. »

Tanya esquisse un sourire qui ressemble à une grimace.

« Il est dans le bottin des élèves, son numéro. Dans les M. Comme dans Jérémie Martucci. »

Laure n'a pas le temps de la remercier. Tanya tourne les talons et se dirige vers la cafétéria d'un pas rageur.

▲   ▲   ▲

À midi, Laure s'arrange pour être loin de la cafétéria. Elle quitte même la polyvalente et se réfugie dans un petit centre commercial, d'où elle téléphone chez Jérémie. Elle a au moins l'excuse de demander de ses nouvelles.

La mère de Jérémie lui répond. En bruit de fond, une cacophonie de voix d'enfants, de cris, de rires, de pleurs. C'est vrai : la garderie.

« Bonjour, madame. Est-ce que je pourrais parler à Jérémie, s'il vous plaît ?

— Jérémie n'est pas ici, en ce moment. Est-ce que... Attends un peu, veux-tu ? » Mme Martucci s'éloigne du téléphone. Laure l'entend dire à un certain Lucas de cesser ses bêtises. La mère de Jérémie revient. « Désolée. Bon, tu veux que Jérémie te rappelle, quand il reviendra ?

— Non. Ce n'est pas nécessaire. Merci, madame. »

Laure a beau se répéter que Jérémie ne lui doit rien, qu'il ne pourrait sans doute rien faire, de toute façon, et qu'elle-même est ridicule d'attendre des miracles de la part d'un garçon qu'elle connaît à peine, cela n'enlève rien à sa déception et à l'angoisse qui forme comme une boule dans son ventre. Une boule compacte qui, par moments, se gonfle d'un seul coup et l'empêche de respirer.

Si Laure ne se retenait pas, elle éclaterait en sanglots.

▲ ▲ ▲

Cet après-midi-là, pour la deuxième fois en deux jours, Laure quitte la polyvalente avant la fin des cours. Elle est incapable d'affronter Christian. En fait, elle se sent incapable d'affronter la vie, tout simplement. Peut-être son père a-t-il eu raison, en fin de compte. Peut-être...

Ne pas s'attarder à ces pensées. Ne penser à rien. S'occuper à autre chose. Au ménage, par exemple. Mettre de la musique, le plus fort possible, et frotter, frotter. Ce serait bien si les mauvais souvenirs, et les Christian de ce monde, disparaissaient aussi facilement que les taches et les amas de poussière.

Ce soir-là, quand le téléphone se fait entendre sur le coup de huit heures, Laure le laisse sonner.

« Tu ne réponds pas ? s'étonne Samuel.

— Non.

— Mais...

— Non. »

Samuel n'insiste pas. Le téléphone non plus.

▲ ▲ ▲

Évidemment, Laure ne peut pas éternellement échapper à Christian. La polyvalente a beau être grande, elle a des limites. Et des recoins d'où il est difficile de fuir quand on s'y trouve coincé.

« Ah, ma toute belle, enfin on se retrouve ! s'exclame Christian en découvrant Laure au fond d'un corridor rarement utilisé. C'est peut-être une idée que je me fais, mais j'ai l'impression que tu m'évites, depuis quelques jours. C'est dommage, ça. Très dommage. »

La voix de Christian laisse planer toutes sortes de menaces.

Soudain, Laure n'en peut plus. Elle est épuisée, excédée. Elle se dit qu'elle n'a pas grand-chose à perdre, de toute manière.

« Va-t'en. Laisse-moi tranquille.

— Voyons, ma jolie, est-ce que c'est une façon de parler à son amoureux ?

— Tu n'es pas mon amoureux. »

Le visage de Christian se durcit. Il s'empare du poignet de Laure, pousse celle-ci contre le mur, et approche son visage du sien.

« Tu préfères peut-être que je raconte ce que je sais à ton sujet ? siffle-t-il.

— Oui ! Et puis, si ce n'est pas toi qui le fais, ce sera moi. »

Christian laisse tomber un petit rire.

« Je ne te crois pas. C'est du bluff. Je te connais. Tu es bien trop orgueilleuse pour accepter que tout le monde sache à quoi s'en tenir à ton sujet. »

D'une main, Christian retient Laure contre le mur. De l'autre, il se met à la tripoter, à la toucher partout. Laure essaie de se débattre, mais le garçon est nettement plus fort qu'elle.

Soudain, une voix s'élève tout près d'eux.

«En fait, Tougas, t'as rien compris. Laure est orgueilleuse, oui. Trop orgueilleuse pour continuer à se laisser intimider par un minable comme toi.»

Christian se retourne d'un coup sec.

«Parlant de minable, qui est-ce que je vois? Pas le petit Jérémie, celui qui n'a jamais réussi à marquer un seul but en trois années de soccer? Un conseil, Jérémie : laisse-moi donc régler mes affaires avec ma blonde tout seul, OK?

— Qu'est-ce que Laure en pense?»

Laure a profité de la diversion pour se dégager. Elle est maintenant à plus d'un mètre de Christian. Elle a les bras croisés, la tête haute, l'air fier et décidé.

«Je pense comme Jérémie. Tu n'es pas mon chum. Tu ne l'as jamais été et tu ne le seras jamais. C'est vrai que tu es un minable. Tu as réussi à me faire peur pendant quelques semaines, mais c'est fini, maintenant. Raconte ce que tu veux à qui tu veux, je m'en fiche. Tu ne m'approcheras plus et tu ne me toucheras plus jamais.»

Christian tente un dernier coup.

« Du bluff, rien que du bluff. J'aurais juste à ouvrir la bouche pour que tu reviennes te jeter à mes pieds, prête à tout pour que je me taise. Tiens, on va faire un essai pour Jérémie ici présent. Tu veux vraiment qu'il apprenne tout ? »

Christian a l'air particulièrement vicieux. Laure hésite un court instant. Mais, avant même qu'elle réponde, Jérémie intervient, d'une voix nonchalante :

« Que j'apprenne quoi, Tougas ? Que le père de Laure était un riche avocat qui a eu la bêtise de vouloir être encore plus riche et plus puissant ? Qu'il a investi des fortunes – la sienne, celles de ses amis et de ses clients – dans des entreprises risquées, et souvent à la limite de la légalité ? Qu'il a tout perdu et qu'il a essayé d'arranger les choses en trempant dans des affaires de drogue et de blanchiment d'argent ? Qu'il s'est fait prendre, comme il aurait dû s'y attendre ? Qu'il s'est retrouvé ruiné, sans amis et sans appuis, mais avec des dettes de plusieurs millions de dollars ? Et qu'il a finalement choisi de se suicider, laissant sa femme et ses enfants se démerder tout seuls ? C'est ça que tu voulais me dire, Tougas ? Tu arrives un peu tard. »

Chapitre 13

Disons-le, j'étais assez fier de mon effet.

Complètement kaput, Christian Tougas.

Puis je me suis tourné vers Laure, et j'ai eu peur, tout à coup. Elle semblait s'être transformée en statue de glace. Blanche et figée, avec quelque chose de vide dans le regard. Pourvu que le choc ne l'ait pas rendue folle, ou muette, ou quelque chose comme ça. On voit ça dans des films, quelquefois. Des films avec des états d'âme, si vous voyez ce que je veux dire.

« Laure... »

Elle a eu comme un grand frisson puis elle a tourné les yeux vers moi. Elle a esquissé un sourire. Un fantôme de sourire, mais un sourire tout de même.

« Voilà. C'est dit. Et je ne suis pas morte. C'est fou comme on se fait des idées, parfois. Je pensais que cette révélation provoquerait un tremblement de terre, ou au moins un gros orage, avec éclairs, tonnerre et tout le tralala. Et il n'y a rien de tout ça. La radio étudiante en bruit de fond, les néons au plafond, Christian qui a l'air d'un pitou piteux à qui on vient d'arracher son os... Ferme la bouche, Christian, tu risques d'avaler une mouche. »

Le pitou piteux a pris un air hargneux.

« C'est ça, a-t-il ricané. Tu me cours après, tu fais tout pour m'exciter, tu me laisses croire que tu m'aimes, puis, tout à coup, tu joues les saintes-nitouches... Sais-tu qu'il y a un nom pour les filles comme toi, Laure Lupien ? En tout cas, tu peux être sûre que je vais raconter comment tu m'as fait marcher. Tu vas avoir toute une réputation, ma belle. Et toi, Jérémie, tu ferais mieux de te méfier. Des filles comme ça, c'est à fuir comme la peste... »

Laure a eu un petit rire.

« Tu peux bien raconter tout ce que tu voudras, Christian Tougas, je m'en fiche. »

Elle a tassé Christian et elle s'est éloignée.

Je l'ai suivie.

▲ ▲ ▲

Les circonstances justifiaient bien quelques nouvelles heures d'école buissonnière. De toute façon, ni Laure ni moi n'aurions été capables de nous concentrer sur des problèmes de géométrie ou des expériences de physique.

Après avoir récupéré nos manteaux, nous nous sommes dirigés vers le parc, où nous avons déniché un banc libre et sec, que venaient lécher de timides rayons de soleil.

Laure s'est assise. Elle a étendu les bras le long du dossier, de chaque côté d'elle, renversé la tête vers l'arrière et fermé les yeux en offrant son visage au soleil.

Je me suis installé au bout du banc et j'ai attendu.

Après un moment, Laure a dit, les yeux toujours fermés :

« Tu as découvert beaucoup de choses en peu de temps, Jérémie Martucci. Tu as rencontré Caroline Mornay dans un party, toi aussi ?

— J'ai rencontré Caroline Mornay, oui. Mais pas dans un party. À l'Académie des Grands-Pins. »

Du coup, Laure a ouvert les yeux et m'a regardé bien en face.

« Tu es allé à l'Académie ? Quand ?

«—Hier.

—Et qui as-tu vu, à part Caroline?

—Un certain nombre de personnes. Des gars, des filles...

—Fabien?»

Avant de répondre, j'ai essayé – sans succès – de déchiffrer son expression.

«Alors, tu l'as vu, oui ou non?

—Oui.

—J'ai entendu dire qu'il sortait avec Caroline. Est-ce que c'est vrai?»

Je n'étais toujours pas capable de deviner ce qu'elle pensait.

«Ils avaient l'air amis...»

Rien ne m'obligeait à lui dire que Fabien et Caroline se tenaient par la main.

Laure est restée silencieuse un moment.

«C'est bizarre, a-t-elle fini par murmurer, mais ça ne me fait rien. Vraiment rien. Ni chaud ni froid, comme on dit. Ni peine ni plaisir. Rien. Peut-être que je suis devenue insensible, après tous ces drames.»

Elle s'est tue, encore une fois. J'ai eu l'impression qu'elle avait oublié ma présence. Elle avait l'air perdue dans ses pensées. Et quand elle s'est remise à parler, elle semblait se parler à elle-même beaucoup plus qu'à moi.

« La vie qui bascule, d'un seul coup. Je trouvais ça normal, être riche. La grande maison. Les grosses autos. L'Académie. Le ski, le tennis, l'équitation. Caramel... »

La voix de Laure a tremblé un peu quand elle a prononcé le nom de son cheval. Elle a respiré un grand coup puis elle a poursuivi d'une voix plus ferme.

« Je ne me demandais même pas d'où venait tout cet argent. Mon père était avocat, il devait donc en gagner beaucoup. Tous mes amis étaient dans la même situation, d'ailleurs. Leurs parents étaient riches, l'argent tombait du ciel. Et tout ça nous semblait tellement normal, tellement évident...

— Ça doit être dur d'avoir perdu tout ça. »

Laure a secoué la tête.

« Oui, mais ce n'est pas ça le pire. Le pire, c'est tout le reste. La honte, la douleur. Le regard des gens. Le poids de leur jugement, de leur colère... Jamais plus je ne pourrai marcher la tête haute. »

Je suis peut-être un peu épais, mais j'avais du mal à comprendre. Je comprenais que Laure ait de la peine, bien sûr. Après tout, son père était mort. Pire, il s'était suicidé. Et ça, ça doit être épouvantable. Je comprenais aussi qu'elle puisse se sentir mal à l'aise face aux gens que son père a trompés, qu'elle soit déboussolée et malheureuse, qu'elle regrette son ancienne maison, son ancienne école, ses amis, son cheval. Je comprenais que ce ne soit pas drôle de se retrouver pauvre quand on a été riche... Bon, ça, ça allait. Ce que je comprenais moins, c'était qu'elle se soit donné tant de mal pour cacher tout ça. Les mensonges, les cachotteries, les grands détours. Et Christian. Surtout Christian. Alors, malgré ma crainte de dire des bêtises, je me suis risqué à ouvrir la bouche.

« Écoute... Il y a une chose que je ne comprends pas. »

Laure a tourné la tête vers moi.

« Quoi ?

— Pourquoi tout ce mystère ? Après tout, tu n'as rien fait de mal. À te voir aller, j'étais sûr que tu avais fait le vol du siècle ou que tu avais assassiné la moitié de ta classe. Mais tu n'as rien fait de mal !

— Mon père...

— Ton père, ce n'est pas toi ! Ce n'est quand même pas toi qui l'as obligé à tromper tout le monde et à commettre des crimes ! »

Ça me semblait l'évidence même. Mais Laure a secoué la tête.

« Ce n'est pas si simple, Jérémie. Ce que mon père a fait, c'est pour nous qu'il l'a fait.

— Bullshit. »

Laure a eu l'air choqué.

« Quoi ? »

Je ne me suis pas fait prier pour répéter.

« Shit, bullshit et rebullshit. Ce n'est peut-être pas très élégant, mais c'est ce que je pense. Ton père, ce n'était pas un sans-abri qui a volé un pain dans un dépanneur, ou un gars sur le B.S. qui avait du mal à joindre les deux bouts et qui a piqué trois crayons et un paquet de feuilles mobiles pour ses enfants à la pharmacie du coin ! C'était un avocat, bon sang !, un avocat qui n'aurait eu aucun mal à faire vivre sa famille en restant dans les limites de la loi. Il a choisi d'agir autrement. Je suppose qu'il a voulu être plus riche, plus puissant. Il a utilisé l'argent de ses amis et de ses clients, de gens qui lui faisaient confiance, pour arriver à ses fins. Quand ça n'a pas marché, il s'est mis à tremper dans des affaires louches. Il savait très bien ce qu'il faisait, il savait que c'était mal, mais il le faisait quand même. Et quand il s'est fait prendre, bye-bye, bonjour, il a choisi de se suicider et de vous laisser vous débrouiller tout seuls... Ce n'est pas de la honte et de la culpabilité que tu devrais ressentir, c'est de la rage ! »

Laure n'a pas répondu tout de suite. Elle a massacré sa coiffure en fourrageant dedans à pleines mains, elle s'est levée, s'est éloignée de quelques pas, puis est revenue s'asseoir à côté de moi. Quand elle a repris la parole, sa voix tremblait.

« Tu penses vraiment que je n'ai pas ressenti de rage, Jérémie Martucci ? Tu penses vraiment que je n'ai pas eu l'impression que j'allais éclater, tellement la rage m'habitait, tellement elle grandissait en moi et envahissait tout ? Mon père a menti. Il a triché. Il a bafoué les lois. Il a trompé ses amis, ses clients, ses collègues. Il a... » Laure a haussé les épaules d'un air las. « Il nous a trompés, nous aussi. Il nous a trahis. À cause de lui, on a tout perdu, on a été traînés dans la boue. Évidemment que je lui en ai voulu. Si tu savais à quel point... Je l'ai traité de menteur, de tricheur, d'hypocrite, de bandit. Dans ma tête, mais aussi en pleine face. Je me souviens d'un soir... »

Laure s'est tue. Elle a avalé sa salive une ou deux fois puis elle a pris une grande respiration.

« Un soir, j'ai complètement perdu les pédales. Je lançais des affaires partout. J'engueulais mon père. Je le traitais de tous les noms. À cause de lui, à cause de sa malhonnêteté, de ses mensonges, de ses petites combines, mes amis me fuyaient ou m'insultaient, mes profs me regardaient de travers, on risquait de perdre tout ce qu'on avait... Je lui ai dit qu'il était égoïste, profiteur, voleur...

— Ton père, lui, il disait quoi ?

— Rien. Il était effondré. Il restait assis, la tête dans les mains. Il n'a même pas essayé de répliquer, de se défendre. À la fin, à la toute fin, quand j'ai été à court d'insultes, il a dit quelques mots, à voix très basse. Il a dit : "Je m'excuse." Et puis : "C'était aussi pour vous, tout ça." Pour nous... »

Laure a répété « Pour nous » une ou deux fois avant de continuer.

« Et ça, tu vois, ça me tue. Est-ce que c'était pour nous, est-ce que c'était pour lui ? C'est vrai que nous avons profité de tout. Que *j'ai* profité de tout. L'argent, l'Académie, les vêtements, les bijoux, les sorties, les voyages... Caramel. Tout. Quand ça allait bien, j'en profitais sans même penser à remercier quelqu'un. Quelqu'un ou quelque chose. La vie, Dieu, le destin, mon père, la chance... Par contre, quand ça a commencé à aller mal, ça me prenait un coupable. Et le coupable, c'était mon père, bien sûr. Je n'étais pas la seule à lui en vouloir, tu sais. Ma mère aussi l'a engueulé et l'a traité de tous les noms. Elle a insisté pour qu'on laisse tomber le nom de notre père et qu'on garde seulement le sien à elle. On l'a tous abandonné... Et puis il s'est suicidé. Et tout est devenu encore plus compliqué, plus torturant. Tout s'est amplifié. La rage, la rancœur, le mépris. Mon père n'était pas seulement menteur, tricheur et malhonnête. Il était lâche, en plus. Il se sauvait, lâchement, en nous abandonnant, ma mère, mon frère et moi. Il n'avait même pas le courage de faire face, d'assumer ses responsabilités, de racheter ses fautes... Mais il n'y avait pas juste le mépris et la rage qui se sont amplifiés. Il y avait la peine, aussi. Le remords. La honte. J'avais été tellement occupée à détester mon père et à le mépriser que je ne lui avais montré aucune compassion, aucune compréhension, aucune tendresse. Peut-être que si j'avais été plus... je ne sais pas... plus proche... Si je l'avais aimé... Peut-être qu'il serait encore en vie. Qu'il aurait jugé que ça valait la peine de vivre, de se battre... Qu'il aurait voulu rester parmi nous... Peut-être. »

À ce moment-là, le mot « peut-être » m'a semblé le mot le plus triste du monde.

▲ ▲ ▲

Le même soir, tout en réparant une crevaison sur le vélo de Ludmilla, j'ai repensé à Laure et à sa famille. À la mienne, aussi.

Il m'est déjà arrivé de souhaiter changer de famille. Ou de souhaiter que mes parents aient plus d'ambition, plus d'argent. Qu'ils soient moins ordinaires. Que notre vie ait plus d'éclat.

Ce soir-là, pourtant, j'ai senti une grande bouffée d'amour pour mes parents ordinaires et notre vie sans éclat. Une vie honnête et remplie d'amour, ce n'est pas si bête, finalement.

Chapitre 14

En faisant couler l'eau chaude pour la vaisselle, Laure se surprend à chantonner. Elle se sent légère. Légère et soulagée.

Elle a parlé. Elle a raconté son histoire, et le monde ne s'est pas écroulé. Au contraire, un poids énorme est tombé de ses épaules. Les sables qui se refermaient sur elle pour l'étouffer se sont écartés d'un seul coup, et elle s'est mise à respirer plus librement. Tout cela s'est fait si simplement qu'elle en a été déconcertée. Peut-être aurait-il suffi qu'elle parle plus tôt pour s'éviter ces longs mois d'angoisse et de honte, tous ces cauchemars et ces nuits sans sommeil... Pour s'éviter les attentions horripilantes de Christian, son harcèlement...

En songeant à Christian, Laure ne peut s'empêcher de frissonner. Bien vite, pourtant, elle se reprend. Non, elle ne doit plus penser à lui. Disparu à tout jamais, Christian. Il n'a plus aucun pouvoir sur elle. Il ne peut plus lui faire de mal. Laure a soudain l'impression que c'étaient ses craintes à elle, ses hantises à elle qui l'étouffaient et la retenaient prisonnière, plutôt que Christian lui-même. Le seul pouvoir qu'il ait exercé sur moi, c'est celui que je lui ai donné, celui que je lui ai laissé prendre, songe-t-elle. Comment ne m'en suis-je pas rendu compte plus tôt? Il a fallu l'intervention de Jérémie pour briser le maléfice.

Le maléfice. Tout en plongeant une tasse dans l'eau savonneuse, Laure laisse échapper un petit rire. Elle pense avec des mots de conte de fées. Une princesse. Un sorcier cruel. Un maléfice. Et un gentil prince, un prince pur et bon qui arrive juste à temps pour sauver la princesse. Ils se marièrent et vécurent heureux jusqu'à la fin des temps. Oups, elle dérape. Pas question d'épouser Jérémie. Ni même de tomber amoureuse de lui.

Laure revoit Jérémie, ce jour-là. Elle revoit son regard posé sur elle pendant qu'elle racontait son histoire. Dans ses yeux, il n'y avait aucun mépris. Pas de pitié non plus, ce qu'elle n'aurait pas supporté. Orgueilleuse, a dit Christian. Il avait raison, au moins là-dessus.

Non, ce que Laure a vu, dans les yeux de Jérémie, c'est le désir de comprendre. De la douceur. De la bonté. Drôle de mot, bonté. On ne dit pas tellement des gens qu'ils sont «bons». Pas bons en sport, ou bons en maths, ou bons pour conter des blagues. Bons, tout simplement. Comme dans chaleur, compassion, générosité...

Laure se secoue. Elle ne va pas passer la soirée à penser à Jérémie, quand même. Il lui faut terminer la vaisselle puis réviser ses notes de physique. L'examen est dans quelques jours, et elle a du rattrapage à faire. Elle n'a pas tellement eu la tête à étudier, ces derniers temps. Ce serait bête de couler son année. Oui, maintenant qu'elle s'est libérée de Christian et de toutes ses peurs, elle va reprendre sa vie en main, redoubler d'efforts pour finir son année en beauté.

Ce soir-là, avant de se mettre au lit, Laure voit sa mère penchée sur des journaux. Un crayon rouge à la main, elle passe les petites annonces en revue, à la recherche d'un emploi.

C'est vrai, se dit Laure. Le conte de fées n'est pas complet. Le prince n'a pas tout réglé, et aucune marraine fée n'est apparue pour transformer notre taudis en château et ma mère en riche reine... Un emploi, il faut que je trouve un emploi.

▲ ▲ ▲

Laure est en train d'enlever son manteau quand Jérémie arrive près d'elle.

« Salut. Ça va ? »

Laure hausse les épaules.

« Ça va. »

Jérémie l'observe attentivement.

« C'est bizarre, mais j'ai l'impression que ça ne va pas tant que ça... »

Laure hésite un peu. Va-t-elle se mettre à raconter tous ses malheurs à Jérémie, jour après jour, pendant toute sa vie ? Va-t-elle lui parler des problèmes d'emploi de sa mère, de leurs soucis d'argent et de ces affreux insectes argentés dont elle a encore aperçu quelques représentants le matin même ?

« Tu sais, reprend Jérémie, si je peux faire quelque chose pour toi... »

Laure se décide.

« C'est... c'est plutôt gênant, mais... Est-ce que tu t'y connais, en insectes ? »

▲ ▲ ▲

Ce midi-là, à la cafétéria, Laure et Jérémie s'installent à la table qu'occupe déjà Marco.

La bouche grande ouverte, Marco se demande s'il n'est pas en train de rêver. Laure, la belle Laure, est assise à la même table que lui – devant lui, en fait – et elle déballe son sandwich d'un air calme. Et Jérémie qui semble trouver cela parfaitement normal ! Que se passe-t-il entre ces deux-là ? Laure n'a-t-elle pas engueulé Jérémie comme du poisson pourri, le soir du party ? Quand se sont-ils réconciliés ? Il est vrai que Jérémie est bizarre depuis quelques jours. Il a manqué l'école, il avait un air distrait, il...

« Eh ! s'exclame Marco en apercevant Christian un peu plus loin. Christian est là-bas. On dirait qu'il ne nous a pas vus. Tu veux que je lui fasse signe de venir nous rejoindre, Laure ? Après tout, c'est ton chum... »

Laure et Jérémie échangent un regard. Puis Laure hausse les sourcils.

« Christian, dis-tu ? Non, vraiment, je ne vois pas de qui tu veux parler, répond-elle d'un air très sérieux. Tu sais de qui il parle ? ajoute-t-elle en tournant la tête vers Jérémie.

— Je n'en ai pas la moindre idée, répond le garçon. Mon pauvre Marco, es-tu sûr que tu ne couves pas une grosse grippe, ou quelque chose ! Déjà, hier, au cours de maths, tu avais l'air un peu perdu...

— Au cours de maths ? Mais tu n'étais même pas là, au cours de maths d'hier. Ça fait deux jours que tu n'y vas pas...

— Mon Dieu ! tu dois être encore plus malade que je ne l'imaginais ! Peut-être que tu devrais aller voir l'infirmière, juste au cas... »

Marco regarde le gars et la fille assis devant lui. De toute évidence, ils sont en train de se payer sa tête. Qu'est-ce qui s'est passé entre ces deux-là, depuis quelques jours ? Et pourquoi Jérémie ne lui a-t-il parlé de rien ? Il est son ami, oui ou non ?

« Allez, mange, reprend Jérémie en lui agitant un morceau de sandwich devant le nez. Sinon, ton état risque d'empirer... »

Comme pour donner l'exemple, Jérémie enfourne une énorme bouchée de sandwich au jambon. Marco se résigne à faire la même chose.

▲   ▲   ▲

« Au fait, as-tu vu Tanya ? » demande Jérémie à Marco un peu plus tard tout en plongeant sa cuiller dans son pouding. « J'aurais quelque chose à lui demander.

— Elle est dans le fond, là-bas. Tiens, justement, la voilà qui se lève... On dirait qu'elle s'en va... »

Jérémie gesticule en direction de la jeune fille.

« Tanya ! »

Tanya, la tête droite, les yeux obstinément fixés devant elle, ne semble pas le voir.

« Toujours ses états d'âme ? » demande Marco.

Jérémie hausse les épaules.

« Aucune idée. Tout ce que je sais, c'est qu'elle semble avoir oublié jusqu'à mon existence. Un cas d'amnésie subite, peut-être... Hé, Tanya ! » lance-t-il plus fort tout en gesticulant de plus belle.

Près de la porte de la cafétéria, Jessica Pépin pose une main sur le bras de Tanya et tend l'index en direction de Jérémie. Celui-ci fait signe à Tanya d'approcher.

Un condamné en route vers l'échafaud avancerait avec plus d'entrain, songe Laure en observant Tanya. Qu'est-ce qu'elle peut bien avoir ?

« J'ai une devinette pour toi », lance Jérémie quand Tanya n'est plus qu'à quelques pas d'eux. « Qu'est-ce qui est petit, bibiteux et argenté, qui hante les planchers des salles de bains et qui disparaît à toute vitesse quand on a le mauvais goût de les déranger ? »

Tanya n'hésite pas une seconde.

« *Lepisma saccharina*, lépisme argenté en français, communément appelé poisson d'argent.

—C'est vrai! s'exclame Laure. Ça ressemble à de minuscules poissons d'argent... Mais comment sais-tu ça?»

Jérémie éclate de rire.

«Tanya a grandi au milieu des bibites. Tu devrais voir ça, chez elle. On dirait l'Insectarium, en mieux. Ou en pire, selon les points de vue. Il y a des insectes dans des vitrines, des insectes dans des bocaux, des insectes épinglés sur des cartons, des insectes vivants dans de grandes boîtes... Le père de Tanya ne vit que pour ça, les insectes.

—Il est entomologiste? s'enquiert Laure d'une voix polie.

—Non. Exterminateur», répond Tanya d'une voix sèche.

Laure en avale son muffin de travers. Exterminateur. Beurk. Elle a des visions d'armées de coquerelles, de légions de fourmis, de rassemblements de rats... Elle n'a plus tellement faim, tout à coup.

«Exterminateur, répète-t-elle d'une voix étranglée. C'est... euh... c'est... intéressant.»

Tanya émet un petit rire ironique.

«Quel enthousiasme! J'apprécie particulièrement ta moue dégoûtée...»

Laure rougit un peu.

«Désolée, murmure-t-elle. Je ne voulais pas te blesser. J'ai juste été surprise. Et puis je ne trouve pas que la cafétéria convienne tellement bien à des conversations sur les bibites...

—Ce n'est pas moi qui ai commencé, déclare Tanya. Je n'ai fait que répondre à la devinette de Jérémie. Si tu veux engueuler quelqu'un, adresse-toi à lui.

—Mais je ne veux engueuler personne ! se défend Laure. Je veux juste... je voudrais juste savoir comment on peut se débarrasser de ces trucs saccharine, tu sais, de ces poissons d'argent ?

—Vous avez un problème d'infestation chez vous ? demande Tanya d'une voix un peu trop forte.

—Chut ! » réplique aussitôt Laure en jetant un regard inquiet autour d'elle. Que tout le monde apprenne qu'elle n'est pas riche, ça peut aller. Que tout le monde sache la vérité au sujet de son père, c'est déjà plus difficile à accepter. Mais que tout le monde découvre qu'elle vit dans un logement infesté d'horribles poissons d'argent, il n'en est tout simplement pas question !

Tanya lève les yeux au ciel, mais elle baisse le ton.

« Voici la carte du magasin, dit-elle en sortant un bout de carton froissé de la poche arrière de son jean. Fournier & Fille. C'est à deux coins de rues d'ici. Tu as déjà dû le voir. »

Il aurait été difficile de ne pas le voir. Une disgracieuse bâtisse vert fluo ornée d'immenses affiches lumineuses sur la façade et sur le côté. Des insectes et des bestioles aux couleurs criardes qui clignotent en permanence sur un fond violet. De grandes lettres au néon qui annoncent : Fournier & Fille, Extermination. Le soir, l'effet est saisissant. Laure suppose qu'elle a & Fille devant elle. Mieux vaut faire preuve de tact.

« Oui, je l'ai déjà vu. Design très coloré, très original. »

Tanya lève de nouveau les yeux au ciel.

« Tu es aveugle, ou quoi ? C'est laid à faire peur. Mais terriblement efficace. Impossible de ne pas s'en souvenir, le jour où on aperçoit des bestioles indésirables... À bientôt, Laure. »

Tanya commence à s'éloigner.

Jérémie l'agrippe par une épaule.

« Attends ! Pourquoi tu pars aussi vite ? »

Tanya se dégage d'un coup sec.

« J'ai un rendez-vous.

— Un rendez-vous galant ? demande Jérémie en plaisantant.

— Exactement. »

Jérémie semble étonné. Il passe une main dans sa tignasse.

« Mais... avec qui ? Steve ? »

Tanya fronce les sourcils.

« Steve ? Pourquoi Steve ?

— Eh bien, au party, tu semblais le... »

Tanya l'interrompt d'une voix coupante.

« Non, pas avec Steve. Avec Jean-Henri. »

Sur ces paroles, Tanya quitte la cafétéria.

« Jean-Henri ? C'est qui, ça, Jean-Henri ? Vous connaissez un Jean-Henri, vous ? demande-t-il à Marco et à Laure, qui secouent la tête en signe d'ignorance.

— Ça t'embête que Tanya voie ce garçon ? demande Laure.

— Mais non, voyons, pourquoi ça m'embêterait ? Tanya est une grande fille. Elle a le droit de voir qui elle veut. Même un gars avec un prénom ridicule. »

Jérémie est le seul à ne pas s'apercevoir qu'il proteste un peu trop fort, que sa voix sonne un peu trop faux et que son indifférence n'a rien d'indifférent.

Chapitre 15

« Plus je connais les hommes, et plus j'aime les bêtes. »

C'est Ludmilla qui nous a sorti ça, hier, au souper, au milieu d'autres dictons, proverbes ou citations célèbres. Elle a le don de nous servir des citations bizarres pendant les repas, en même temps que la soupe, le bouilli ou le pouding au riz. Elle doit trouver que ça facilite la digestion.

Moi, plus je connais les filles, et plus j'aime les vélos. Je sais, ça n'a rien à voir. Ne mêlons pas les pommes et les oranges, les guenilles et les torchons, l'ivraie et le bon grain, l'ivresse et le bon gros, le bon gras, le bigros, le bigras... Je sais, là non plus ça n'a rien à voir, ça ne veut rien dire et c'est complètement débile. Eh bien, c'est exactement comme ça que je me sens devant mesdemoiselles Laure et

Tanya, dont les comportements sont de plus en plus incompréhensibles.

Pourquoi avais-je imaginé qu'une fois le mystère Laure résolu tout rentrerait dans l'ordre ?

Bien sûr, les choses vont mieux qu'avant. Laure est sortie des griffes de Christian Tougas, et ça, c'est une amélioration. Christian a beau raconter toutes sortes d'horreurs à son sujet, ça ne marche pas tellement, sauf auprès de filles comme Mathilde et Anne-Sophie, qui le plaignent en poussant de gros soupirs – et en jouant du coude, du sein et de la fesse pour gagner ses faveurs – et qui regardent Laure avec dégoût. Oh ! pas parce qu'elle n'est pas riche comme elles le croyaient, bien sûr, au contraire elles compatissent à son malheur, mais à cause du mensonge, voyez-vous, comment a-t-elle pu leur mentir aussi effrontément, à elles qui lui avaient accordé confiance et amitié, et comment a-t-elle pu emberlificoter aussi froidement ce pauvre Christian, qui ne demandait qu'à l'aider, comment a-t-elle pu jouer avec lui ainsi, avec ses airs de sainte-nitouche, avec ses histoires, avec... Heureusement, il n'y a pas grand monde qui se laisse prendre à leur jeu.

Laure est donc libérée de Christian. Bravo. Mais ça ne la rend pas aussi joyeuse que je l'aurais imaginé. Je sais bien que sa vie ne s'est pas transformée en conte de fées du jour au lendemain simplement parce qu'elle a parlé, mais il me semble que sa situation pourrait s'améliorer... à condition qu'elle veuille bien faire un effort. Le problème, c'est que j'ai de plus en plus l'impression qu'elle ne veut pas faire d'effort.

Ainsi, elle aimerait trouver un emploi, mais il n'y a rien qui lui plaît.

Serveuse ? Peut-être, oui... mais pas dans un fast-food, en tout cas. Vous avez vu les uniformes ? Beurk ! Vendeuse ? Seulement si c'est dans une parfumerie, une bijouterie ou une boutique haut de gamme... Baby-sitter ? Ah non ! J'ai déjà assez de mon frère. Et puis, à ce salaire-là, j'en aurais pour des années avant de pouvoir m'acheter une paire de bas !

On se demande où elle prend ses bas...

Pour tout dire, elle me fait penser à mon frère Colin, qui a le don de n'être jamais content de rien. On essaie de lui faire enfiler sa salopette verte, le matin, il voudrait la rouge, celle qui est dans la laveuse à ce moment-là. On loue le film qu'il réclame depuis deux mois, eh bien ! justement, ce jour-là, c'est autre chose qu'il voulait voir, et il pique une crise terrible parce que personne ne fait jamais ce qu'il veut. Inutile de multiplier les exemples, ça donne une idée de la chose. Seulement, Colin a quatre ans. Laure en a presque seize. Ça devrait faire une différence, il me semble.

Ce n'est pas tellement plus brillant du côté de Tanya, qui continue à m'ignorer, ou alors qui se montre grincheuse et susceptible. Si c'est ça, l'influence de l'amour... Parce qu'elle est en amour, pas de doute là-dessus. Quand, par miracle, elle m'adresse quelques mots, c'est pour parler de Jean-Henri. Jean-Henri par-ci, Jean-Henri par-là, elle m'énerve avec son Jean-Henri! De toute façon, on n'a pas idée d'avoir un prénom pareil! Jean-Henri...

Très très pénibles, ces demoiselles.

Heureusement qu'il me restait les vélos. Ajuster des vitesses, huiler des engrenages, gonfler des pneus, redresser des rayons... En mars, j'ai eu les doigts tachés de graisse en permanence. Mais je n'allais surtout pas m'en plaindre. Quand je bricole sur des vélos, j'oublie tout le reste.

Comme chaque année, Marco m'a aidé à organiser et à animer les cliniques de mise au point, à la poly. Normalement, Tanya participe elle aussi à ces cliniques. Cette fois, elle a refusé de le faire.

« Je n'ai pas le temps, a-t-elle expliqué. Le magasin, des travaux en retard, Jean-Henri... »

Je n'allais pas me mettre à genoux pour la supplier de venir.

« Comme tu veux... » ai-je dit en haussant les épaules.

Après tout, je n'avais pas vraiment besoin de son aide. Mais sa présence m'a manqué, tout au long de ces journées. Et, après la dernière clinique, ça m'a fait drôle de me retrouver chez Monsieur Beignet tout seul avec Marco.

« Prêt pour le concours de beignes ? » m'a-t-il demandé en entrant dans le restaurant.

Je me suis senti très fatigué, tout à coup, et je n'avais aucune envie d'engouffrer le plus grand nombre possible de beignes en dix minutes.

« On pourrait peut-être laisser tomber ce concours, ai-je répondu. Ça fait bébé. »

Marco a hoché la tête.

« C'est vrai, a-t-il admis. Et puis, à deux, c'est pas mal moins amusant... Tu te souviens, l'an dernier ? Elle était drôle, Tanya, avec la confiture qui lui dégoulinait le long du menton et des taches d'huile un peu partout... »

Je n'ai pas pu m'empêcher de sourire en repensant à Tanya, ce jour-là.

Je l'avais trouvée belle, avec sa confiture et ses taches. Elle avait les joues roses, les cheveux ébouriffés, un sourire à faire crever d'envie tous les mannequins du monde, et des yeux... des yeux pleins de lumière. Pour la première fois, j'avais remarqué que le gris de ses iris était strié de petits traits noirs disposés comme les rayons d'une roue de bicyclette.

« Hé ! tes yeux ressemblent à des roues de vélo ! » m'étais-je exclamé.

Tanya avait levé lesdits yeux vers le ciel.

« Venant de toi, je suppose que c'est flatteur... »

Elle riait en disant cela. C'était... parfait. Je ne sais pas trop comment dire, mais j'ai eu l'impression, à ce moment-là, que c'était ça, le bonheur. Un mélange de rire, d'yeux gris et de taches de confitures. J'aurais voulu que cet instant dure toujours.

« Et pour toi, ce sera quoi ? »

La voix de la serveuse m'a sorti de mes souvenirs. Devant moi, il n'y avait que Marco, qui me regardait d'un air soucieux. Pas de Tanya, pas d'yeux en rayons de bicyclette, pas de sourire...

« Un beigne au chocolat et un verre de lait. S'il vous plaît. »

En fait, je n'avais qu'une envie. Rentrer chez moi et dormir.

Chapitre 16

Avant d'entrer, Laure balaie la façade du regard. C'est d'un mauvais goût total – et encore plus laid de près que de loin. Toutes ces bibites lumineuses qui grouillent et qui gigotent...

«*Cool...*»

De toute évidence, Samuel n'est pas de son avis.

Laure baisse les yeux vers son frère. Le petit garçon, la bouche entrouverte, examine les insectes, rongeurs et autres bestioles nuisibles avec un bonheur évident. Un coup d'œil à travers la vitrine lui révèle que d'autres merveilles l'attendent à l'intérieur.

«On entre ?

—On entre», répond sa sœur avec un soupir. Elle sent que, dorénavant, le détour jusque chez Fournier & Fille va faire partie des activités du samedi, comme la visite à l'animalerie, l'arrêt devant le poste de pompiers et l'examen approfondi de la vitrine du club vidéo. Joyeux samedis en perspective !

À leur entrée, un homme assis derrière le comptoir lève les yeux vers eux.

« Bonjour ! Je peux faire quelque chose pour vous ? »

L'homme semble grand et plutôt rond. Il a une grosse moustache et une belle voix grave.

« Vous êtes le père de Tanya ?

— Oui. Tu connais Tanya ? Attends, je vais l'appeler... Elle est justement derrière, avec son cher Jean-Henri.

— Non, non ! s'empresse de dire Laure. Ne les dérangez surtout pas ! Je... »

Le père de Tanya l'interrompt. Un petit sourire se devine sous sa moustache.

« *Les* déranger ? Qui ça, "les" ?

— Mais... Jean-Henri et Tanya, bien sûr ! Ce n'est pas une bonne idée de déranger des amoureux. »

Le père de Tanya a la moustache qui frémit, comme s'il réprimait à grand-peine un éclat de rire.

« Tu sais, dans l'état où il est, il n'y a pas grand-chose qui puisse déranger Jean-Henri. »

Dans l'état où il est ? Des images macabres traversent l'esprit de Laure. Jean-

Henri est-il complètement ivre ? drogué ? paralysé ? plongé dans un coma profond ? Ou même... empaillé ? Qui sait ce que ça fait, un exterminateur, dans ses loisirs !

Pendant que Laure imagine des horreurs, M. Fournier appelle sa fille.

« Hé ! Tanya ! Ta copine s'imagine que Jean-Henri est ton amoureux. C'est drôle, non ?

— Pas du tout ! rétorque Tanya en faisant irruption dans la pièce. Jean-Henri est absolument génial. Intelligent, sensible, sérieux...

— ... mort depuis 1915...

— Et alors ? Qu'est-ce que ça change à toutes ses qualités ? J'aime ce qu'il écrit, j'aime ce qu'il pense, j'aime passer mon temps en sa compagnie... Au moins, avec lui, je sais à quoi m'en tenir. »

Sur ces paroles, Tanya retourne d'où elle est venue, en prenant bien soin de claquer la porte derrière elle.

Laure, figée sur place, a des points d'interrogation plein les yeux, ce que ne manque pas de remarquer le père de Tanya.

« Tu as besoin d'explications, on dirait...

— *Qui* est ce Jean-Henri ?

— Jean-Henri Fabre, un naturaliste français qui a consacré sa vie à l'étude des insectes. Tanya est tombée sur un de ses livres à la bibliothèque, il y a quelques semaines, et, depuis, elle passe tout son temps libre avec lui.

— Mais... il est mort en 1915 ?

— Eh oui ! »

Laure reste silencieuse. Elle ne voudrait pas trop inquiéter cet homme, qui semble très gentil, mais l'attirance de Tanya pour un homme mort depuis presque un siècle – un homme mort depuis presque un siècle *qui ne s'intéressait qu'aux bibites* – lui paraît anormale, sinon particulièrement malsaine.

« Mais, bon, ça la regarde, conclut M. Fournier. Je suppose que tu n'es pas venue ici pour parler de Jean-Henri... »

Laure se secoue un peu, histoire de s'éclaircir les idées.

« En effet. Nous avons un problème, à la maison... »

Elle expose le problème, en tâchant de garder une voix calme et posée. Elle ne veut surtout pas avoir l'air d'une hystérique prête à paniquer à la vue de la moindre fourmi, de la plus petite coquerelle ou de la plus minuscule souris... (Orgueilleuse ! dirait Christian.)

Laure et Samuel quittent le magasin une quinzaine de minutes plus tard, chargés d'un insecticide concentré, d'un pulvérisateur et d'explications détaillées sur la façon d'utiliser tout ça.

« Et si ça ne donne pas les résultats escomptés, exigez de votre propriétaire qu'il fasse appel à des professionnels, a dit M. Fournier au moment de leur départ. Tu as notre numéro... »

▲ ▲ ▲

Comme Laure et Samuel arrivent au coin de la rue, une silhouette leur bloque le chemin.

« Promets-moi, commence Tanya d'une voix pressante. Promets-moi que tu ne diras pas aux autres que Jean-Henri est... enfin, qu'il n'est pas...

— Je ne dirai rien. Promis.

— Et surtout... surtout pas à Jérémie, hein ! Promets-moi que tu ne diras rien à Jérémie. »

Tanya semble bien agitée, tout à coup. Et bien inquiète. Pourquoi se préoccupe-t-elle tant de ce que sait ou ne sait pas Jérémie ? Laure revoit Jérémie, le jour où Tanya a parlé de Jean-Henri pour la première fois. Lui aussi semblait agité. Et inquiet. Se pourrait-il que...

« Tu me promets que tu ne lui en parleras pas ? » insiste Tanya.

Laure retient à grand-peine un sourire.

« Promis », dit-elle de son air le plus
sérieux.

« Promis », répète Samuel, qui déteste
se sentir exclu.

Chapitre 17

Et puis il y a eu la cabane à sucre.

Je ne prête jamais attention au nom de la cabane où nous allons, ni à l'endroit où elle se trouve. Les autobus scolaires sont là pour nous y conduire, alors pourquoi se préoccuper du trajet?

Ce n'est qu'une fois arrivé là-bas que je me suis rendu compte que je connaissais cet endroit, ou du moins les alentours : nous étions pratiquement sur les terrains de l'Académie des Grands-Pins. Il avait neigé, depuis ma randonnée dans les parages, mais je reconnaissais les bâtiments, la forêt dans laquelle courait un ruisseau, les écuries...

«Tu savais que c'était ici qu'on venait? ai-je demandé à Laure, qui regardait du côté des écuries.

— Je savais, oui.

—Est-ce que c'est dans ces écuries-là que...

—Oui. »

Puis elle s'est dirigée vers la cabane à sucre, où nous devions nous inscrire aux différentes activités.

▲　▲　▲

Le matin, j'ai fait du ski de fond avec Marco. Au dîner, nous nous sommes installés dans un coin, tous les deux, et Laure est venue nous rejoindre. Marco enchaînait blague débile sur blague débile sans même vérifier si on l'écoutait, Laure restait silencieuse, et moi j'observais Tanya de loin. Elle était assise entre Frédéric Sauvé et Marie-Pier Fauteux, à trois ou quatre tables de nous, mais elle ne semblait guère intéressée par les propos de ses voisins. L'air un peu triste, elle chipotait dans son assiette sans enthousiasme.

« Tu devrais aller la chercher », a dit Laure à un moment donné.

J'ai sursauté.

« Hein ? Quoi ? »

Laure a soupiré avant de dire, d'une voix exagérément patiente – le genre de voix qu'on prend pour s'adresser aux enfants, aux vieillards ou aux débiles légers :

« Tanya. Celle que tu observes à la dérobée depuis dix-sept minutes et quart. Tu devrais l'inviter à partager notre table. Elle a l'air de s'ennuyer, là-bas.

— Pourquoi moi ? Tu peux aller la chercher, toi... »

Laure a poussé un nouveau soupir, et je n'ai pas protesté davantage. Je me suis levé et je me suis approché de Tanya.

« Tu ne manges pas ?

— J'ai mangé.

— Deux bouchées.

— Tu m'espionnes ?

— Non, mais je n'ai pas pu m'empêcher de remarquer que tu n'avais à peu près rien pris. Ça ne te ressemble pas. L'an dernier...

— Je sais, l'an dernier j'ai vidé trois assiettées complètes. Eh bien, cette année, je n'ai pas faim, c'est tout.

— Tu n'es pas malade, au moins ? »

Tanya a levé les yeux au ciel sans répondre.

« Tu vas quand même venir manger de la tire sur la neige ? Tu adores la tire sur la neige. »

Tanya a donné un coup de poing sur la table.

« Mais vas-tu me laisser tranquille, à la fin ? Non, je ne prendrai pas de tire. Tu ne trouves pas que je suis assez grosse comme ça ? Tu veux que je devienne énorme, monstrueuse ? C'est ça que tu veux ? »

Elle semblait hors d'elle.

« Mais non, voyons ! ai-je protesté. De toute façon, tu n'es pas grosse...

— Tu ne vas quand même pas prétendre que je suis maigre.

— Non, mais...

— Il n'y a pas de "mais" ! Je suis grosse, grosse, grosse... Et tous les gars aiment les filles minces, c'est bien connu. »

Soudain, j'ai cru comprendre d'où venait le problème.

« C'est Jean-Henri, hein ? C'est lui qui essaie de te faire croire que tu es grosse ? Eh bien, ma vieille, si tu veux un conseil, laisse tomber ce gars-là. Il est complètement malade. »

Tanya a semblé déconcertée.

« Jean-Henri ? Non. Non, pas du tout.

— Mais alors, où est le problème ? Jean-Henri ne te trouve pas trop grosse. Il t'aime et tu l'aimes. Alors pourquoi... »

Tanya ne m'a pas laissé finir.

« Tu ne comprends vraiment rien, Jérémie Martucci. Rien de rien de rien ! Va donc retrouver ta Laure, ta belle et fine et *mince* Laure, et laisse-moi tranquille !

— Mais ce n'est pas... »

Tout en essayant de répondre que Laure n'était pas *ma* Laure, j'ai tourné les yeux vers la table où aurait dû se trouver Laure, justement. Elle n'était pas là. De loin, Marco m'a fait signe de venir. J'ai donc laissé tomber mes explications (je ne savais pas trop quoi dire, de toute façon) et je suis allé rejoindre Marco.

« Laure est partie en courant dès que tu t'es éloigné, m'a-t-il annoncé. Et elle avait l'air bizarre... J'espère qu'elle ne va pas faire de bêtise. Je veux dire... peut-être qu'elle ne peut pas supporter que tout le monde connaisse son histoire, finalement. Peut-être que... »

Je l'ai interrompu.

« Je sais où elle est. Reste là. J'y vais. »

▲   ▲   ▲

Je n'ai pas vu Laure tout de suite, mais ça ne m'a pas pris trente secondes avant de l'entendre.

« Mon beau, mon doux, oh, mon tout beau... Tu m'as manqué, si tu savais comme tu m'as manqué. Tous les jours, tu m'as manqué. Oh, mon beau, mon tout beau... »

Jamais je n'aurais cru entendre Laure parler d'une voix à la fois si tendre et si passionnée. L'objet de sa passion semblait lui aussi au comble du bonheur, du moins si je me fiais à ses renâclements et aux longs frémissements de sa crinière.

Je m'attendais à ce que Caramel soit plus gros « nature » qu'en photo... mais pas à ce point-là ! Un monstre, voilà ce que Laure couvrait de caresses, de mamours, de larmes et de baisers. C'est à vous dégoûter de n'être qu'un humain à peu près normal.

Laure était tellement occupée à s'extasier sur son cheval qu'elle ne m'a même pas vu quand elle est passée près de moi, juchée sur son monstre, et qu'elle est sortie de l'écurie. Elle et Caramel se sont éloignés en direction de la forêt.

« Beau spectacle, n'est-ce pas ? »

La voix, derrière moi, m'a fait sursauter. Je me suis retourné.

Une toute petite dame ornée d'un immense sourire m'observait, la tête un peu penchée. Impossible de résister à ce sourire.

« À condition d'aimer le style la Belle et la Bête... »

La dame a éclaté de rire. Elle semblait d'un naturel très joyeux. Puis, d'un coup sec, elle est devenue très sérieuse.

« Laure est une excellente cavalière doublée d'une amoureuse des chevaux. Elle les sent, les comprend... Et elle adore littéralement son Caramel. Quel dommage que... »

Elle s'est interrompue et m'a jeté un regard rapide en fronçant les sourcils. Visiblement, elle ne savait pas si j'étais au courant, au sujet de Laure, ni si elle pouvait me faire confiance. Elle s'est secouée – un peu comme Caramel l'avait fait plus tôt – puis elle m'a tendu la main.

« Justine Bouthillier, propriétaire des écuries Bouthillier ici présentes.

— Jérémie Martucci. Je vais à la même école que Laure.

— À sa nouvelle école ?

— Oui.

— Et... elle s'adapte bien ? »

J'ai haussé les épaules.

« Plus ou moins. Le choc a été dur, vous savez. Et il y a encore toutes sortes de problèmes chez elle... »

Je me suis tu, moi aussi. J'étais un peu mal à l'aise de discuter de Laure avec cette femme, aussi sympathique soit-elle. Après tout, elle n'avait pas à connaître ses ennuis de bibites, d'argent, de job... Holà ! Un instant !

« Dites, madame Bouthillier...

— Appelle-moi Justine.

— ... Euh, dites, Justine... Vous n'auriez pas besoin d'aide pour vos écuries ? Quelqu'un qui pourrait travailler les fins de semaine, et aussi pendant l'été... Pour, je ne sais pas, moi, nettoyer les... les cabines, récurer les chevaux, les nourrir...

—On parle de stalles ou de boxes, jeune homme, et on ne récure pas les chevaux, on les étrille. Il va falloir te renseigner un peu si tu veux travailler pour moi. »

Travailler pour elle ? Avec ces monstres ? J'ai failli m'étouffer.

« Non ! Non, pas moi ! Laure... C'est vous-même qui dites qu'elle est douée. »

Madame Bouthillier – pardon, Justine – a fait claquer sa langue deux ou trois fois tout en secouant doucement la tête – il va falloir qu'elle fasse attention si elle ne veut pas qu'on la confonde avec un de ses chevaux... Puis elle a planté ses yeux dans les miens.

« Laure cherche du travail ?

—Oui.

—Elle a déjà parlé de travailler ici ?

—Non, mais...

—Parle-lui-en. Si elle est intéressée, qu'elle vienne me voir. Ravie d'avoir fait ta connaissance, Jérémie. »

Et, avec un signe de tête, Justine Bouthillier s'est éloignée.

J'étais terriblement impatient de voir revenir Laure. J'imaginais son bonheur lorsqu'elle saurait qu'elle pourrait travailler aux écuries Bouthillier, et voir Caramel aussi souvent qu'elle le voudrait.

▲ ▲ ▲

« Es-tu fou, Jérémie Martucci ? Moi, *travailler* ici, dans ces écuries que j'ai fréquentées comme cliente, comme *propriétaire* de cheval ! Ici, où les élèves de l'Académie des Grands-Pins passent le plus clair de leur temps libre. Où je rencontrerais à tout bout de champ Fabien, Caroline et les autres ! Je mourrais de honte ! »

Soudain, j'en ai eu plus qu'assez des caprices et des états d'âme de mademoiselle Laure Lupien.

« Eh bien ! meurs donc ! Ç'a l'air d'être ce que vous faites de mieux, dans ta famille, mourir ! Travailler, par contre, ça n'a pas l'air de vous attirer tellement. C'est trop ordinaire, je suppose. Trop vulgaire. Tremper dans des affaires louches, par contre, ou se laisser tripoter par le premier Christian venu, ça ne semble pas trop vous déranger... tant que personne n'est au courant. Sais-tu que vous avez la honte drôlement placée, dans la famille ? »

Je me suis tu quelques secondes, le temps de calmer ma voix qui tremblait.

Laure venait d'écraser, avec tout le mépris dont elle était capable, ma famille, mes amis, moi-même... Elle nous humiliait, ridiculisait notre mode de vie, notre travail, notre dignité.

« Tu refuses de faire un travail que tu aimerais, pour lequel tu serais extraordinairement douée et qui te permettrait de voir Caramel autant que tu le voudrais parce que tu mourrais de honte ? Tu tournes le dos à ce que tu aimes le plus au monde à cause d'une bande de snobs bornés et prétentieux ? Tu préfères mourir de malheur et d'ennui plutôt que mourir de honte, comme tu dis ? Eh bien, crève. C'est tout ce que tu mérites. »

J'ai tourné les talons et j'ai regagné la cabane à sucre.

Chapitre 18

Laure reste pétrifiée, les mains crispées sur les rênes de Caramel.

« Crève. C'est tout ce que tu mérites. »

Elle n'a jamais vu Jérémie dans un état pareil. Elle n'a même jamais imaginé qu'il pourrait se mettre dans une telle colère.

Elle a la tête qui bourdonne.

« Crève. »

Mais elle ne veut pas crever. Elle ne veut pas.

Une voix se fait entendre à côté d'elle.

« Il n'avait pas le droit de te dire des choses pareilles. Oublie tout ça. Il... »

Tanya est à quelques pas de Laure. Elle a assisté, incrédule, à l'explosion de rage de Jérémie, et elle a été horrifiée par la violence de ce garçon qu'elle croyait pourtant bien connaître.

« Je ne sais pas ce qui lui a pris. Il est bizarre, depuis quelque temps. Il ne pensait pas ce qu'il disait. Essaie... essaie de ne pas trop t'en faire. »

Tanya observe Laure avec inquiétude. Peut-être devrait-elle aller chercher de l'aide ? Laure est blanche comme un drap et épouvantablement immobile. Pourvu qu'elle ne tombe pas dans les pommes...

Mais non. Au bout d'un moment que Tanya trouve interminable, Laure recommence à bouger. Elle fait entrer Caramel dans l'écurie, le conduit à sa stalle, lui retire sa selle... Elle s'empare ensuite d'une grosse brosse dure – une étrille ? se demande Tanya – et entreprend de brosser longuement, vigoureusement les flancs, le cou, le dos de Caramel.

Tanya se demande si cette opération exige toujours autant d'énergie, ou si Laure y met une vigueur particulière ce jour-là.

Laure s'occupe du cheval en silence. Finis les mamours et les mots tendres. La jeune fille a le visage fermé, le regard fixe. Quand enfin elle en a terminé avec Caramel, elle se contente de lui donner une petite tape sur le flanc avant de s'éloigner rapidement.

Tanya lui emboîte le pas. Pas question de laisser Laure toute seule. Crève, lui a dit Jérémie. Il ne faudrait pas qu'elle décide de lui obéir !

Laure s'enfonce dans la forêt. Pourvu qu'on ne se perde pas, songe Tanya.

Laure ralentit peu à peu. Les deux filles avancent maintenant côte à côte. Laure n'a toujours rien dit.

« Il ne pensait pas ce qu'il disait... » reprend Tanya, que le mutisme de Laure continue d'inquiéter.

Laure s'arrête brusquement et regarde Tanya.

« Mais il a raison, dit-elle avec force. Il a raison. »

Tanya s'affole.

« Ne me dis pas que tu veux cr... euh... mourir. Ne fais pas ça, Laure. Ne pense même pas à une chose pareille. Je vais t'aider. On va tous t'aider. Oublie ce que peuvent dire Christian, Mathilde ou Anne-Sophie. Tu pourrais parler au psychologue de l'école. Tu pourrais... »

Laure l'interrompt en secouant la tête.

« Non. N'aie pas peur. Je n'ai aucune intention de mourir. Ni de honte ni autrement, précise-t-elle. Mais Jérémie... Jérémie a probablement bien fait de me secouer.

— Il y est quand même allé un peu raide, insiste Tanya.

—Il a fait preuve de beaucoup de conviction, admet Laure. Mais est-ce que je l'aurais écouté s'il s'y était pris autrement ? Peut-être même qu'il n'aurait pas pu me dire tout ça s'il n'avait pas été aussi fâché... »

Les filles avancent un moment en silence.

« Je ne voudrais pas jouer les rabat-joie, dit soudain Tanya, mais les autobus nous ramènent en ville à quatre heures. Il est déjà presque trois heures et demie... et je n'ai pas la moindre idée de l'endroit où nous sommes.

—Ne t'inquiète pas, répond Laure. Je connais ces bois comme le fond de ma poche. »

Une pause puis, d'une voix hésitante, Laure reprend :

« Tanya...

—Oui ?

—Je... je ne sais pas trop comment te dire ça, mais... je suis contente que tu sois là. »

Tanya émet un grommellement qui peut passer pour à peu près n'importe quoi.

« Tu sais, finit-elle par dire, au début, je ne t'aimais pas tellement...

—Je sais, oui, répond Laure avec un petit rire. Tu es assez... transparente, disons. »

Tanya se sent affreusement gênée, tout à coup, mais elle tient à préciser certaines choses.

« Je me disais que tu étais snob et prétentieuse, explique-t-elle. Mais la vérité, c'est que j'étais jalouse de toi. Jalouse de ta beauté, de ton élégance, de... de ta minceur, surtout. Je suis éléphantesque à côté de toi ! »

Laure lui lance un regard en coin. Elle hésite quelques secondes avant de parler à son tour.

« Et moi, j'étais mal à l'aise avec toi. En partie à cause de ton hostilité... » Laure esquisse un sourire d'excuse en voyant l'air penaud de Tanya. « ... mais également parce que moi aussi j'étais jalouse de toi. Tu es tellement vivante que je me sens fade, à côté de toi. »

Tanya secoue la tête avec incrédulité.

« Fade ? »

Laure hoche la tête avant de reprendre :

« Et si je t'avais vraiment bien regardée, j'aurais aussi été jalouse de tes yeux. Sais-tu que tu as des yeux magnifiques ?

— Jérémie dit qu'ils ressemblent à des rayons de bicyclette.

— De sa part, c'est tout un compliment !

— Je sais, oui. »

Le silence qui suit est lourd de questions non posées, d'aveux retenus, de craintes et de réticences. Laure se décide pourtant à aborder un sujet qui l'intrigue depuis un moment.

« Au fait, à propos de Jérémie...

— Oui ? dit Tanya d'une voix prudente.

— ... as-tu déjà pensé lui dire que tu es amoureuse de lui ?

— Quoi ? Mais je ne...

— Tanya ! Tu ne vas pas te mettre à mentir à ta nouvelle meilleure amie ! »

Tanya en avale de travers.

« Je... tu... il..., commence-t-elle en bafouillant.

— ... nous, vous, ils ! » continue Laure en riant.

Tanya ne peut s'empêcher de rire, elle aussi.

« Bon, d'accord, qu'est-ce que tu attends de moi, au juste ? Une confession ? Alors, oui, j'aime Jérémie. Et lui ne m'aime pas. Il m'aime bien, oui. Peut-être même beaucoup. La bonne grosse Tanya, toujours prête à rire et à participer à des concours de beignes... Mais il n'est pas amoureux de moi.

— En es-tu bien sûre ? »

Tanya observe Laure d'un air soupçonneux. Elle se moque d'elle, sûrement ?

«Je... je crois qu'il t'aime, toi, finit-elle par dire d'un air piteux. Moi, je suis trop grosse. Et n'importe quel garçon normal, en te voyant...

— Mais arrête, à la fin! C'est une idée fixe, chez toi, cette question de grosseur. Premièrement, tu n'es pas grosse. Tu es adorablement ronde... et n'importe quel garçon normal trouve ça très attirant. Deuxièmement, Jérémie n'est pas amoureux de moi. Ça se sent, ces choses-là, et je ne sens rien de tel de sa part. Je sens de l'amitié, de la gentillesse, de l'agacement, parfois, quand je me montre un peu capricieuse...

— Un peu?» répète Tanya d'une voix moqueuse.

Laure lui tire la langue avant de poursuivre.

«Et moi, au cas où ça t'intéresserait, je ne l'aime pas non plus. Je l'aime bien, comme tu dis, je l'aime beaucoup, mais je ne l'aime pas.

— Tu aimes encore Fabien?

— Ne parle pas de malheur! Non, je n'aime plus Fabien. Je ne l'ai sans doute jamais aimé. Pour le moment, je vais me contenter d'essayer de m'aimer moi-même un peu plus... Ça devrait me tenir occupée un petit moment... Au moins jusqu'à...» Elle fait mine de regarder sa montre. « Oups ! Quatre heures moins dix ! Il va falloir qu'on se grouille si on veut attraper l'autobus ! Suis-moi, c'est par ici ! » lance-t-elle en se mettant à courir.

▲ ▲ ▲

« Au fait, dit Laure d'une voix essoufflée lorsqu'elles arrivent en vue des autobus, je ne sais pas si tu as remarqué, mais Jérémie est très très très jaloux de Jean-Henri. C'est plutôt bon signe, si tu veux mon avis. »

Chapitre 19

Tanya a raison. Je ne comprends rien de rien de rien.

Je suis fou. Ou elles sont folles. Ou alors c'est la vie qui est faite comme ça : pleine de bizarreries, de contradictions et de surprises.

▲ ▲ ▲

J'étais franchement inquiet quand je me suis rendu compte que Laure manquait à l'appel, peu avant le départ de la cabane à sucre. J'avais beau avoir envie d'exploser chaque fois que je repensais à ses paroles («Je mourrais de honte», avait-elle eu le culot de dire. «Je mourrais de honte!»), je n'étais pas fier de ma réaction. Je déteste m'emporter comme ça, céder à la colère. D'accord, l'attitude de Laure m'exaspérait, mais ce n'était pas une raison pour lui dire de crever...

Peut-être que je n'aurais pas réagi de la sorte si je n'avais pas déjà traîné quelque chose comme de la mauvaise humeur depuis mon échange avec Tanya.

Tanya... Une autre qui semblait avoir disparu. Son absence avait-elle quelque chose à voir avec celle de Laure ? Ça m'aurait étonné. Les deux filles n'avaient rien de commun, et leurs contacts n'avaient jamais été particulièrement chaleureux. Malgré tout, leur absence à toutes deux m'intriguait. Plus le départ de la cabane à sucre approchait, plus je me sentais inquiet.

Et si Laure avait décidé de me prendre au mot, hein ? Si elle avait décidé d'en finir avec la vie, comme son père... J'ai lu quelque part que les risques de suicide étaient plus élevés chez les enfants de suicidés que dans le reste de la population. Il n'y a pas à dire, Jérémie Martucci, tu es brillant, vraiment brillant, me suis-je dit. Laure était au bord du précipice, juste au bord, et toi, avec tes beaux principes et ta grande gueule, tu l'as poussée assez fort pour qu'elle ne risque pas de le rater...

J'étais en train de ruminer ces joyeuses pensées et d'imaginer Laure au fin fond d'un ravin ou d'une rivière quand, soudain, elle a surgi en courant, suivie de près par Tanya.

Eh bien, pour le désespoir et les idées de suicide, on repassera. Les deux filles étaient mortes, oui, mais mortes de rire. Elles se sont assises ensemble dans l'autobus, et elles ont passé le trajet du retour à chuchoter et à s'amuser comme des folles.

« Tu ne m'avais pas dit que tu avais engueulé Laure et qu'elle était complètement désespérée ? m'a demandé Marco à un moment donné. Et que Tanya avait de *gros* problèmes, ces temps-ci... ? »

J'ai levé les mains en signe d'impuissance.

« N'essaie pas de comprendre, Marco. Tout ça, c'est des affaires d'états d'âme. »

Marco m'a lancé un regard en coin.

« Ce ne serait pas plutôt que tu ne comprends rien aux filles ? »

Je ne me suis même pas donné la peine de répondre.

▲ ▲ ▲

Nuit de cauchemars. Laure et Tanya, armées de grandes épingles, crevaient de gros ballons, les uns après les autres. « Crève, ballon, crève ! » répétaient-elles avec des sourires à faire peur. Moi, dans un coin, je souhaitais de toutes mes forces qu'elles ne prennent pas ma tête pour un ballon...

Chapitre 20

De retour en ville, Laure passe encore un moment avec Tanya, puis elle rentre chez elle. Dans le salon, elle découvre Samuel et Cléa, sa fiancée, endormis devant la télé. Mary Poppins s'apprête à quitter la famille Banks, qui peut maintenant se débrouiller sans elle. Laure esquisse un sourire. Elle a toujours eu un faible pour Mary Poppins.

Clic. Après avoir fermé la télé, Laure se dirige vers la cuisine, où se trouve sa mère.

« J'ai une grande nouvelle ! » lancent-elles toutes les deux en même temps.

Elles se regardent, les yeux brillants, avant de se prendre par le petit doigt. Chacune fait un vœu en silence.

J'ai envie d'être heureuse, se dit Laure. Férocement envie d'être heureuse. Et elle se promet de tout faire pour y arriver.

Dans sa tête, il y a des images de forêt, de ciel, de nuages et de chevaux.

Les petits doigts se lâchent enfin, comme à regret.

« Il y avait des années qu'on n'avait pas fait ça », murmure la mère de Laure.

Il y a des tas de choses qu'on n'a pas faites depuis des années, songe Laure. Se prendre par le petit doigt, rire ensemble, se parler, se serrer fort...

« Alors, c'est quoi, ta grande nouvelle ? » demande sa mère avec un sourire.

Laure respire à fond.

« Demain, je téléphone à Justine Bouthillier, tu sais, la propriétaire des écuries. Je peux travailler là-bas à temps partiel si je veux. L'été, les fins de semaine... »

Sa mère fronce légèrement les sourcils.

« Ce n'est pas un peu loin ? Comment vas-tu aller là-bas ? Et Samuel ? Qui va s'en occuper pendant que je travaille ?

Laure sent l'inquiétude lui comprimer le cœur. Maintenant qu'elle s'est décidée, il faut qu'elle puisse travailler là. Il le faut.

« L'autobus s'arrête à deux pas des écuries. Et puis, pour ce qui est de Samuel, je suis sûre que la mère de Cléa... »

Sa mère hoche la tête.

«Oui, en effet, dit-elle lentement. Je suppose que ça peut s'arranger... »

Un silence, puis elle reprend, d'une voix curieuse :

«Est-ce que ce n'est pas Justine Bouthillier qui a racheté Caramel ?

— Oui. »

Marielle Lupien observe sa fille attentivement.

«Et ça te plaît, ça ? Tu ne seras pas trop malheureuse de voir Caramel tout en sachant qu'il n'est plus à toi ? Ça ne va pas trop te rappeler ta vie d'avant ? »

Laure réfléchit un court instant avant de répondre. Comment mettre en mots ce qu'elle ressent ? C'est encore bien nouveau, tout ça, et un peu confus.

«De toute façon, on ne peut pas effacer la vie d'avant, commence-t-elle d'une voix lente. On ne peut pas faire comme si elle n'avait jamais existé. Jusqu'à maintenant, ce que j'en ai gardé, c'est seulement les mauvaises choses : les regrets, la peine, la honte, le sentiment de culpabilité... C'est fou, non ? Pourquoi est-ce que je ne déciderais pas de garder les bonnes choses, pour faire changement ? Caramel, les chevaux, l'écurie... Et aussi... »

Laure se tait, brusquement embarrassée. Elle n'a pas l'habitude de ce genre de discours. Elle se sent très maladroite, tout à coup.

« Et aussi..., répète sa mère.

—Et aussi l'amour. L'amour entre nous, je veux dire. Samuel, toi, moi. C'est comme si... comme si on l'avait oublié en cours de route. Depuis que papa... que papa... »

Impossible de poursuivre. Trop de larmes, trop d'émotions, trop de silences accumulés depuis trop longtemps...

Laure sent les bras de sa mère l'entourer, la serrer très fort. Elle retrouve sa chaleur, l'odeur de son cou.

« Tu sens bon, murmure-t-elle entre deux reniflements.

—Toi aussi.

—Je t'ai piqué un peu d'eau de toilette... »

Laquelle des deux berce l'autre ? Ça n'a pas vraiment d'importance.

▲ ▲ ▲

Un peu plus tard. La mère de Laure se met à parler. Quelques mots, des lambeaux de phrases, des silences et des hésitations. Fragments d'émotions, de réflexions. Elle tente de dire la peur, la honte, le remords, l'angoisse face aux nouvelles responsabilités.

« J'avais l'impression d'avoir complètement raté ma vie. Mauvaise épouse, mauvaise mère, incapable d'appuyer Marc, incapable de surmonter notre malheur, incapable de subvenir correctement aux besoins de mes enfants. Incapable, point. »

Encore plus tard. Cléa et Samuel viennent les rejoindre. « Nous aussi, on veut jouer. » Jouer à quoi ? À se prendre par le cou, à se serrer fort, à se dire qu'on s'aime ? Laure est submergée par une vague de tendresse immense, douce et violente à la fois.

Vraiment, vraiment plus tard. Laure couche Cléa dans le lit de Samuel, Samuel dans le sien, et elle-même va se blottir au creux du lit de sa mère.

« Bonne nuit, ma grande.

— Bonne nuit. »

Laure ferme les yeux. Puis elle les rouvre.

« Au fait, ta nouvelle à toi, c'est quoi ? »

Dans le noir, Laure devine le sourire de sa mère plus qu'elle ne le voit.

« Moi aussi, j'ai décidé de me prendre en main. Je retourne aux études, en aménagement paysager. C'était ce que je voulais faire avant de rencontrer Marc. J'avais commencé mon cours, et puis... » Un soupir. « Et puis j'ai tout abandonné pour m'en remettre entièrement à ton père. Pas très brillant, comme attitude. Mais, bon, inutile de s'attarder sur les mauvaises choses, comme tu dis. La bonne chose, la bonne nouvelle, c'est que j'ai été acceptée dans le programme. Je vais continuer à travailler à temps partiel, bien sûr. J'ai peut-être droit à des prêts et bourses, je ne sais pas. Je vais me renseigner. Mais, de toute façon, je suis bien décidée... »

Un silence. Dans le noir, Laure entend sa mère respirer profondément.

« Je sais que ce ne sera pas facile. Quand je me mets à penser à tous les problèmes possibles, j'ai tendance à paniquer. Puis je me dis que ça ne peut pas être pire que maintenant. Ça ne peut pas être pire que tout ce qui nous est arrivé ces derniers mois... Je me dis aussi qu'on est riches, Laure, tellement riches, quand on y pense. On a la vie, la santé... On est ensemble, on s'aime, on est bourrés de talent et d'énergie... Et puis on n'est pas tout seuls. J'ai beaucoup parlé avec la mère de Cléa, ces derniers temps. Je l'aime beaucoup. Je crois même que je me suis fait une amie. »

Laure sourit dans le noir.

« Je suis contente, murmure-t-elle. Très très très contente. Et puis, tu sais, moi aussi, je me suis fait une amie. »

Chapitre 21

Le lendemain de l'excursion à la cabane à sucre, je suis allé chez Laure tôt le matin. Le prétexte : récupérer Cléa, qui avait passé la nuit là. La vraie raison : voir Laure, vérifier son état d'esprit, m'excuser, si j'en trouvais le courage.

J'ai découvert les deux petits devant la télé, au milieu de tartines dégoulinantes et de pots de confitures à moitié renversés.

Pour ce qui était de Laure et de sa mère, elles dormaient encore, m'a appris Samuel. «Dans la chambre de maman», a-t-il précisé en mordant dans son pain.

J'ai examiné l'étendue des dégâts.

«Si on faisait un peu de ménage avant qu'elles se réveillent? ai-je proposé. Ce serait une belle surprise, non?»

Laure est apparue au moment où je tentais d'effacer une tache particulièrement rouge et collante sur un des coussins or pâle du canapé...

« Cuisinier, homme de ménage... Sais-tu que tu es bon à marier ? »

Je suis resté un peu bête, le coussin dans une main et un chiffon mouillé dans l'autre.

J'aurais voulu dire à Laure qu'elle était belle, comme ça, avec sa jaquette délavée et ses cheveux décoiffés, mais j'avais un peu peur de sa réaction, alors je n'ai rien dit.

Ou plutôt si, j'ai dit quelque chose. J'ai dit :

« Excuse-moi, pour hier. Je... j'ai été brutal. Ce que je voulais dire... »

Laure m'a interrompu.

« Ça va, je sais ce que tu voulais dire. Et puis... tu n'as pas à t'excuser. Je... je me suis rendu compte que tu avais raison. Ce n'est pas mauvais que tu m'aies bousculée un peu. Sur le coup, j'ai trouvé ça plutôt raide, mais au moins c'était clair. Et ça m'a permis de comprendre quelque chose. J'ai le goût de vivre et d'être heureuse. Pour la première fois depuis une éternité, je me dis que c'est possible... mais que ça ne va pas tomber du ciel. Ça dépend de moi... »

Elle a secoué la tête d'un air gêné.

« Wow ! Quel discours pour un samedi matin. Et dans une tenue pareille, en plus !

Dehors, Jérémie Martucci ! Tu reviendras quand je serai un peu plus décente...

—C'est vrai qu'une jaquette en flanellette qui te tombe à mi-mollets, c'est particulièrement sexy... Tu as tout de la femme fatale, Laure. Il te manque juste les bigoudis... »

Laure a poussé un rugissement en faisant mine de me chasser. Puis elle s'est ravisée.

« Attends donc un instant, a-t-elle dit d'un air espiègle. J'ai un service à te demander. Reste là, je reviens. »

Elle est revenue trente secondes plus tard, deux livres à la main.

« Pourrais-tu rapporter ça à Tanya ? Elle me les a prêtés hier soir en disant que c'était génial. Mais, finalement, je pense que ce n'est pas vraiment mon genre. »

Elle m'a tendu les livres, l'air plus espiègle que jamais. J'ai jeté un coup d'œil sur les couvertures.

Jean-Henri Fabre. *Souvenirs d'un entomologiste. Promenades entomologiques.* Sur le premier livre, la photo d'un homme qui avait l'air d'avoir cent vingt-huit ans et demi. J'ai eu l'impression que quelque chose venait de me secouer de la tête aux pieds. Un mini-tremblement de terre pour moi tout seul. Au moins 7,8 sur l'échelle Jérémie.

« Ça te va bien, la bouche ouverte et les yeux écarquillés, a constaté Laure. Ça te donne un air très intelligent. »

J'ai fermé la bouche pour la rouvrir aussitôt afin d'articuler quelques mots.

« Jean-Henri. C'est *lui*, Jean-Henri ? »

Laure a levé les mains tout en haussant les épaules d'un air d'impuissance.

« Désolée. J'ai promis de ne rien dire, alors je ne dis rien. Mais tu brûles... tu brûles... Et maintenant, dehors. Je n'ai pas que ça à faire, moi, regarder un gars se pâmer devant la photo d'un entomologiste mort depuis une éternité.

— Parce qu'il est mort, en plus d'être laid comme un pou ? »

Laure a éclaté de rire.

« Un pou, un pou... ça doit être ça qui a séduit Tanya ! »

▲　▲　▲

Jean-Henri Fabre. 1823-1915. Jean-Henri. Le fameux Jean-Henri.

Bizarre que je me sente aussi soulagé d'apprendre enfin qui était Jean-Henri.

Bizarre que j'aie également envie de tordre le cou de Tanya pour m'avoir fait marcher comme ça.

J'ai d'abord pensé aller lui porter ses livres aussitôt, puis je me suis ravisé. Et si je jetais un coup d'œil dedans, pour voir ce qui fascinait tellement ma chère amie ?

▲ ▲ ▲

Je n'ai pas tout lu, loin de là. Qui, à part Tanya, est intéressé à tout savoir sur le cerceris tuberculé, le sphex à ailes jaunes ou le calicurgue annelé ? (J'ai l'air savant, comme ça, mais je me contente de reprendre des mots que j'ai trouvés dans la table des matières. Très pratiques, les tables des matières : ça vous évite de tout lire, et ça vous donne un air très compétent. Je me demande combien de soi-disant experts utilisent ainsi les index et les tables des matières comme uniques sources de renseignements...)

Je me suis quand même beaucoup amusé à lire un chapitre consacré au scarabée sacré. Quarante-sept pages. Quarante-sept pages à décrire comment ce noble insecte trouve une bouse (oui, une crotte), comment il la met en boule, comment il la transporte, comment il surmonte les difficultés pour l'apporter chez lui, comment il passe des heures, sinon des jours, à manger sa bouse et à la digérer... Et quelle efficacité dans la digestion ! Comme le dit si bien Jean-Henri :

Tandis que, à l'avant de la bête, la ma-
tière continuellement se mâche et s'engloutit,
à l'arrière, continuellement aussi, elle repa-
raît, dépouillée de ses particules nutritives et
filée en une cordelette noire, semblable au
ligneul du cordonnier. Le Scarabée ne fiente
qu'à table, tant est prompt son travail diges-
tif. Sa filière se met à fonctionner dès les
premières bouchées; elle cesse son office peu
après les dernières. Sans rupture aucune du
commencement à la fin du repas, et toujours
appendu à l'orifice évacuateur, le fin cordon
s'amoncelle en un tas aisément déroulable
tant que la dessiccation ne l'a pas gagné.

Passionnant. Cré Jean-Henri, va!
Avec tes histoires de crotte, tu as trouvé
le moyen de séduire Tanya...

Je me suis mis à rire tout seul en ima-
ginant celle-ci complètement absorbée
par les prouesses digestives du scarabée
sacré. En fait, je riais surtout de ne plus
avoir Jean-Henri dans les pattes.

Il y a deux jours – ou seulement
quelques heures –, je ne l'aurais avoué pour
rien au monde, mais il faisait plus que
m'embêter, ce Jean-Henri. Pour résumer,
disons que j'étais jaloux. Affreusement,
horriblement, épouvantablement jaloux.
Parce que Tanya, eh bien, c'est Tanya.
Peut-être pas la plus belle, ni la plus bril-
lante, ni la plus époustouflante des filles.

Mais la plus importante. En tout cas pour moi.

Quand elle était là tout le temps, ça me semblait tellement naturel que je n'y pensais même pas, que je ne me rendais même pas compte à quel point je tenais à elle. Mais depuis qu'elle a décidé de prendre ses distances... eh bien, elle me manque. Par moments, je n'y pense pas trop, j'ai même l'impression de ne pas y penser du tout. Et puis, tout à coup, pour n'importe quoi – une chanson qui flotte dans l'air, un chat tapi dans un escalier, des nuages gris, une idée folle qui me passe par la tête –, l'absence de Tanya me frappe en plein cœur, en plein ventre, et je me sens seul, infiniment seul.

Tanya, c'est la vie. Je ne sais pas comment la décrire autrement. Une boule de vie, d'énergie, d'éclats de rire, de lumière. Un boule de vie joyeuse, imprévisible, avec des hauts, des bas, des à-côtés et de drôles de détours. Une boule de vie qui est comme un soleil dans ma vie à moi. Il était temps que je m'en aperçoive.

▲ ▲ ▲

Après avoir fini le très instructif chapitre sur le scarabée sacré, j'ai décidé de rapporter ses livres à Tanya.

Samedi après-midi : elle devait être au magasin.

En chemin, je suis passé devant un dépanneur qui se spécialise dans les fleurs. Dehors, dans un rayon de soleil, un bouquet de fleurs du printemps semblait me faire signe. Un joli bouquet, pas trop cher. Et si je l'achetais pour...

Je me suis vite secoué. Je n'étais quand même pas pour me présenter devant Tanya avec un bouquet ! C'était complètement ridicule, et tellement stéréotypé. « Le prétendant et son bouquet. » J'aurais l'air de quoi ? Je mourrais de honte avec mes fleurs...

Cette réflexion à peine formulée, j'ai sursauté, physiquement et mentalement. Je mourrais de honte... Oups ! Heureusement que Laure n'était pas là pour m'entendre penser !

Je n'ai pas acheté un mais deux bouquets, finalement. Deux bouquets pour célébrer le printemps et pour dire à Tanya que... eh bien, que.

Je suis entré chez Fournier & Fille en tenant fièrement mes bouquets à bout de bras.

Tanya était derrière le comptoir avec son père. Elle a ouvert de grands yeux en me voyant. Son père nous a regardés l'un après l'autre, avant de déclarer, de son air le plus sérieux :

«Si ça ne vous dérange pas trop, les jeunes, je vais aller faire un peu de rangement à l'arrière. »

Nous ne l'avons pas retenu.

Quand il a eu refermé la porte derrière lui, je me suis raclé la gorge et j'ai dit, en désignant les fleurs :

«J'ai pensé que ça valait bien les boules de crotte de ton ami Jean-Henri. »

Tanya a émis un petit bruit qui pouvait passer pour un rire, un hoquet ou un éternuement. Elle a crié :

«Tu as entendu, papa ? Je viens d'avoir ma première déclaration d'amour ! »

Et c'était bien de cela qu'il s'agissait.

Tanya s'est approchée de moi. Dans ses yeux, ses drôles d'yeux en rayons de bicyclette, il y avait des lumières qui tremblaient. Une chose est sûre, jamais des rayons de bicyclette ne m'avaient fait autant d'effet.

Elle s'est approchée davantage. Elle m'a effleuré la joue du bout du doigt, très doucement. Et puis...

Et puis je me suis dit que finalement, dans certaines circonstances, les filles, c'est quand même mieux que les vélos. Parce que, voyez-vous, les vélos n'ont pas d'états d'âme.